炎の銀行家

スルガ銀行創業者　岡野喜太郎

佐藤三武朗

栄光出版社

炎の銀行家

目次

炎の銀行家

スルガ銀行創業者　岡野喜太郎

（一）　天地の笑み

夕闇が迫ると、駿河の国を照らす月は、浮島沼に頰ずりする。
根方街道ぞいの青野《おおの》の村落は、うるわしく彩られ、のどかさは黒髪を飾る簪《かんざし》のような柔和な色彩となって照り映え、旅人を詩情の世界へ誘う。

岡野喜太郎は、今の静岡県沼津市の浮島を見下ろす青野で、名主の彌平太《やへいた》とキン（大川忠兵衛の娘）との間に、長男として生まれた。幼い喜太郎は、風光明媚な青野あたりの森や浮島沼を遊び場として、終日《ひがな》、元気に走りまわった。

彌平太は、村の人々との会合を終えて帰宅すると、玄関前の庭にたたずんだ。夕日に映える富士山を見上げているところへ、妻のキンが声をかけた。

「喜太郎のことが心配なのですね。遊んでばかりいるから……」

「心配？　何を言うか。私だって同じだった、あの年頃に遊ぶってことはいいことだ。遊びによって、自分を生かすことを学ぶ。友人や自然を肌で感じて育つ時だ」

「でも……」

「大地にしっかり根を張って生きることが大事だ。今は、思い切り遊ばせなさい」

「本当に遊んでばかりでいいのでしょうか」

「遊びによって、喜太郎は感性を磨《みが》いている」

「感性？」

「この浮島沼や愛鷹山《あしたかやま》の山麓を遊び場にして、お天道様《てんとうさま》のことを学んでいるはずだ」

「お天道様？」

「そうだ。天のことだ。天の動きをしっかり肌で感じることが大切だ」

彌平太は、空を見上げながら言った。

「喜太郎は、日々学んでいる。ほれ、見ろ！　あの富士の絵姿、箱根山系、駿河湾に寄せ来る潮の音、どれも喜太郎の魂をきっと揺り動かしている」

「釣りをしたり、鮒《ふな》や泥鰌《どじょう》を捕ったり、鳥の巣を見つけたり、そんなことばかりしていますよ」

「それでいいんだ。子供の時にしかできない遊びはしっかりしておかないとな」

「昨日は、海にまで出かけて行ったのですよ。帰るまで心配でした」

「海へ？」

「お隣の奥さんから聞いて、びっくりしました。喜太郎は、何も言わないんですよ」

「隠していたのか？」

「叱られると思ったのでしょう、きっと」

「ひとりで行ったのか？」

「友達と一緒に」

「仲間を作って遊ぶってことは、成長の証《あかし》だ。人づき合いを学ぶことなんだからな」

「でも、そろそろ勉強をしないと」

「もう少したてば、嫌が応もなく勉強せざるを得なくなる。四書五経の素読も始まる。それまでは、思い切り遊ばせておけ、自然を観察する心が育てば、勉強も伸びるだろう」

彌平太は、暗闇が近づく愛鷹山の山並みへ目を向けた。

岡野家の門の方から、子供の大きな話し声がする。

「面白《おもしれ》えずら。魚釣りって」

「止《や》められねえ。すげえ、面白え」

「びっくりしたずら。でけえ魚が釣れて」

「うん。でけえ魚で、驚《おどれ》えた」

「弁当は、外で食べると、うめえだろう」

「ふんとに、うめえ」

「また行きてえか」

「行きてえ」

「よっしゃ。また明日、遊びに行くべえ」

「ふんじゃな」

子供の声が遠ざかる。

喜太郎が、名残惜しそうに手を振って、友達を見送る。


喜太郎の姿に気づいた母のキンが、声を上げた。

「帰ってきたようです。まあ、あんなに真っ黒になって」

「お父さん、お母さん。ほら、こんなに魚が釣れました」

喜太郎の声ははずんでいる。

「おお、池に放してやるといい。これくらい元気なら生き残れる」

「白鷺《しらさぎ》や鴨《かも》の群れを見ました。鷗《かもめ》は海の鳥かと想ったら、沼に来るんですね」

喜太郎は屈託のない表情で、彌平太を見上げた。

「喜太郎、足を洗ったら、食事にするぞ。腹がへっただろう」

彌平太は、目を細めながら、喜太郎に声をかけた。

喜太郎は、箸を運びながら、両親の話に耳をかたむけた。

「今年も、雨が降り続いている。このままだと、この浮島沼が水浸しになって、稲が育たない」

「農家の人たちは、また困ってしまいますね」

「年貢の取り立ても、ままならなくなる」

名主である岡野家は、代々、代官の命を受け、年貢の取り立てをする役目を仰《おお》せつかっていた。村の管理に当たり、治安を守りながら、人々の相談にあずかることも名主の役目であった。

「浮島沼の干拓は何度も話にのぼるが、夢に終わっている」

「この広い浮島沼を干拓するなんて、やっぱり無理ですかね」

「地元の増田平四郎さんが、浮島沼の干拓と新田開発を、韮山代官所に訴え出たそうだ。飢饉や水害から人々を守れるばかりじゃない。排水路を造って、水を海に流せば、湿原が豊かな農地に変わるって考えたんだろうな」

「夢の夢ですか、この話は」

「今は、誰にも信じてもらえないだろう。あまりにも途方もない話だからな。財力も労力もないし」

「でも、みんなの幸福を考えるって素晴らしいことですね」

「ああ、なかなかできないことだ」

喜太郎は、父親の顔を見ながら、増田平四郎という人物を思い浮かべた。訪れた駿河湾や遊び場となっている浮島沼の風景のことを想った。

増田平四郎は、浮島沼に掘割の排水路を計画し、韮山代官所に十二回も直訴《じきそ》したという。江戸に出て、幕府の勘定奉行本田加賀守の行列に駆け寄り直訴するなど、六回の駕籠訴のすえに、慶応元年にやっと工事の許可がおりた。明治二年、工事は完成したが、その年の高波で破壊されてしまった。しかし、平四郎の苦労は無駄にはならなかった。その後、昭和十八年、同じ場所に昭和放水路が作られたのである。

富士を背に、箱根山系や天城山系、さらには千本松原を視野におさめる青野からの光景は、四季折々、目をいやし、心をかき立てた。浮島ヶ原（浮島沼の別名）は、歌川広重の浮世絵にも描かれている。墨客や歌人に慕われ、多くの人々の目を楽しませた名所である。

昭和になって放水路が完成するまで、浮島沼は湿原であった。文字通り、人手が入りにくいほどの湿地帯で、農夫は腰まで浸かって稲の苗の植え付けをした。鮒や泥鰌が多く住み、湿原を好む渡り鳥にとっては楽園であった。

「今日はどこへ行ってきたんだ」

彌平太は、喜太郎の成長ぶりを確かめるような目をした。

「妙泉寺で、友達と遊んできました」

「住職は元気だったか」

「僕の顔を見るなり、色々な話をしてくれました。お父さんに連れられてよく行くから、僕の顔を覚えていました」

彌平太は、宗教心に厚く、妙泉寺の住職とは親しくしていた。お彼岸のときには、家族総出で祖先の墓参りをすることを欠かさなかった。

「お前の祖先が、あの墓で眠っている」

「住職さんから、そのことを伺いました。岡野という家名がどうして付けられたかも聞きました」

「そんなことまで話してくれたか」

住職は、喜太郎が岡野家の十二代目に当たることを知って、喜太郎の顔を見るなり、岡野家の家名の話をしたに違いない。

彌平太は、岡野家の十一代目であった。芦川三郎兵衛を初代として、二代目が直八、三代目が半十郎、四代目から七代目までが共に半十郎を名乗った。八代目は儀左衛門、九代目が儀八、十代目が再び儀左衛門、そして十一代目に彌平太が続いた。喜太郎が跡目を継げば、十二代目になる。

二代目の直八は日蓮宗を信仰する心がとりわけ篤く、菩提寺である妙泉寺の住職と、宗教や学問の話を交わすなど、その親交には深いものがあった。直八は、両親の日拝回向《えこう》料として良田一反七畝を妙泉寺に寄進した。それを喜んだ住職は、青野から東に二里ばかり離れた金岡村岡宮にある日蓮宗の本山光長寺の官長に話をした。妙泉寺は光長寺の末寺であった。

光長寺の官長は、直八に対して、「岡の谷」という称号を贈った。信仰心の篤い直八は、これに感激し、以後、芦川氏を改めて、「岡の谷」と称した。そして、谷を省き「岡野」の二文字を姓とするに至った。

こうした縁で、岡野家からは代々信仰に篤い、多くの篤志家が出ている。妙泉寺にとって代表的な檀家となっていた。

妙泉寺は木々が茂り、広場もあって、子供にとって格好の遊び場であった。

喜太郎は、友達と連れだって、光長寺もしばしば訪れた。

本山の光長寺の境内の広さに驚いた喜太郎は、幼心《おさなごころ》に歴史への関心が芽生えていった。威風堂々《いふうどうどう》とした表門、庭の景観、本殿の彫刻や屋根にいたるまで、喜太郎の想像を越えて、不思議な感動に襲われた。

「そうか、寺や神社のことを知るってことはいいことだ、喜太郎」

彌平太は、目を細めて言った。

「大中寺にも行って来たよ」

「おお、そうか、あの寺も由緒ある寺だ」

大中寺は、一三一三年頃、夢窓国師によって開かれた臨済宗妙心寺派の禅寺である。広大な境内は鬱蒼とした森林が自然のままに被《おお》っている。本堂の裏庭を流れる山水は水源を愛鷹山となし、歴代の和尚が手入れをして維持管理される庭園は、訪れる者に感動を与えた。

　沼津に御用邸が完成（明治二十六年）すると、皇室の方々が大中寺を訪れるようになった。昭憲皇太后の行幸は九回、大正天皇は五回、貞明皇后は二回、昭和天皇は六回を数える。四季折々に、皇室の方々は観梅、観桜などを楽しまれ、森林を根城とする鳥獣の姿に、心を和ませたことと思われる。


「ところで、喜太郎、釣った魚はどうしている。しっかり観察しているだろうな」

「みんな、生きています」

「飼えないと思ったら、川に放すことだ。魚だって、自由に生きたいはずだ。動物も植物も人間も同じだぞ。分かるかな。この意味が」

「はい」

「魚がどこで釣れるか、喜太郎、どうして分かるんだ」

「友達に教わっています」

「友達や目上の者がいない場合はどうする？」

「……」

「喜太郎、前に、白鷺や鷗をたくさん見たと言っていただろう。空を見ろ」

　喜太郎は、空を見上げる。

「鳶《とんび》が飛んでいるだろう。あれは獲物をねらっているんだ。白鷺や鴨のいるところには、魚がいるはずだ。喜太郎、鳥になれ！」

「無理です、そんなこと」

「鳥は、空から大地が見える。大地のことが分かったら、喜太郎、もっと遊びが面白くなるぞ」

「どういうこと？」

「喜太郎はよく遊んでいるから、この辺りのことなら何でも分かるだろう」

「はい」

「今度は、目を空に向けろ。そして、雲や霧や風を読め」

「風を読む？」

「天の動きと大地とは関係している。実は、人間も天や大地と関係している」

「お父さん、難しくて僕にはやっぱり分かりません」

「そうか。まだ難しいかな。だが、空に目を向けることだけは忘れるな」

「はい」

「今は、よく遊べば、それでいい。これから大人になってゆく。もっともっと色々なことを分かりたいと思うようになる。その時には、天と大地と人間を知ることだ。そうすれば、お百姓さんの気持ちが分かるようになるはずだ」

彌平太の言葉の意味を考えることより、今の喜太郎にとって大事なことは、友達と遊ぶことであった。

喜太郎は無我夢中で遊んだ。帰宅する時間を忘れるほどに、遊び回った。魚や鳥に親しみを覚え、花や木の香りや手触りを楽しんだ。

（二） 別れ

喜太郎は、昭和四十年六月六日、一〇一歳で死去した。

葬儀の日、参列者は、屋敷の庭や墓地の敷地からあふれるほどで、身内の者が弔問者への十分な挨拶をできないほどであった。弔問客は、幾日経っても、減ることがなかった。

葬儀に参列した者は誰も、キラ星のごとく輝き、そして一生を終えた岡野喜太郎のことを想った。遠くから、時に身近に喜太郎の姿を眺めてきた村人たちは、喜太郎の生涯を知ることは自分たちの未来を創造することと同じだと思うようになった。

葬儀の日、目に映ったのは、銀行や金融関係の弔問者の姿ではなく、地域や近隣の村々から訪れた人々の、喜太郎の死を悼む表情であった。中には、涙声で喜太郎に対する恩を述べ、永遠の別れに対する無念の気持ちを露《あら》わにする者もあった。

「心から村のみんなに愛されていたんだな」

参拝者のすすり泣く声に接するたびに、村人たちはそう確信した。

「銀行家としてばかりではない。真に故郷の青野に愛着を抱き、我々のことを思って生きてきたんだ」

喜太郎に可愛がられ、色々な教えを受けた村人たちは、喜太郎の冥福を心から祈り、手を合わせた。

岡野家の墓は、妙泉寺の本堂の裏手にあった。頭を垂れている者を見かけると、住職が声をかけてきた。

「喜太郎さんの墓参りですかな」

「はい。早いものですね。喜太郎さんが亡くなって、もう一年です」

「面影が、日を追うたびに大きくなってゆくでしょう」

「はあ」

「死して、なお面影が大きくなる。これが、この世に生まれた人間の誇りというものかな。偉大なお人だった証拠じゃな」

「どうして、喜太郎さんはあんな立派な人になれたんでしょうか」

「この青野が、喜太郎さんを育てた。青野の自然や歴史を心の糧《かて》として、命を育んだと思いますよ」

参拝者は、住職と連れだって、境内へと戻った。

「お茶を一服、いかがですか」

「有難うございます。色々と、お話を伺えたらと思います」

妙泉寺は根方街道から、少し奥まった所にあった。参拝する者の目に、喜太郎が通いつめた街道が映った。

根方街道は、旧東海道が徳川家康によって開通（一六一六年）するまで、関西と江戸を結ぶ主要な幹線道路のひとつであった。武士や旅人や文人や商人が、この道を通って三島から御殿場へ、そして足柄を越えて関東に向かった。弘法大師が伊豆の修禅寺まで通ったのも根方街道である。源頼朝が伊豆の韮山に配流の身となって通ったのも、平家打倒のために源義経が通ったのも、この街道である。根方街道は、明治になって耕地整理されるまでは、もっと愛鷹山寄りの麓《ふもと》を通っていた。

街道ぞいには、神社が多く建てられ、名だたる神社もあった。街道を通る人々の魂をいやし、旅の安全と、明日への希望を与えた所であった。

村人たちは、喜太郎に連れられて、浮島沼や青野周辺の野山をよく訪ね歩いたことを思い出した。

「良いところだろう、青野は。富士も、箱根も、伊豆半島も、世界中が見える」

村人たちの耳に、喜太郎の声がよみがえった。

「世界中が見える！」

「ああ、そうだ。ここから世界が見える。祖父からよく言われたよ。まず青野をしっかりと学べ。そうすれば、宇宙だって見えてくるぞ」

「喜太郎さん！」

「わははははは。……駿河というのは、アイヌ語で天国という意味だそうだ。天国も見えるぞ」

村人の耳に、在りし日の喜太郎の元気な声がよみがえった。

「有り難うございます」

村人たちは、住職が差し出したお茶を手にした。

「皆さんは、喜太郎さんから岡野家の祖先のことを聞かされましたか」

「はい。少しずつ聞かされました」

「岡野家は由緒ある家柄です。武田信玄の家臣の一族と関わりがあると言いますから」

「話を聞いて、驚きました。初代は武田信玄に仕え、甲州の芦川に領地を持っていた芦川三郎兵衛という人だそうですね。武田家が滅亡すると、芦川氏は青野に逃れ、ここに定住したそうです」

（二）別れ

かつて、甲斐の武田信玄は、日本の統一を夢見る猛将であった。その勇猛ぶりは、歴史の知るところである。信玄の名言である「人は城、人は石垣、人は堀。情けは味方、仇は敵なり」や「為せば成る、為さねば成らぬ。成る業を成らぬと捨つる人のはかなさ」は、今の人々の心に記されている。しかし、一五七三年に病気のために、志半ばにして、信玄は死去する。信玄の遺志を承継した武田勝頼は、近江・三河方面に侵攻するが、織田信長・徳川家康との戦い（長篠の戦い、一五七五年）に敗れ去り、織田信長の侵攻によって、天目山で自害（一五八二年）する。これにより、武田家は滅亡したのである。


「武田家の再興の機会をうかがったようですが、時代はすでに織田信長、豊臣秀吉、徳川家康の支配へと移っていて、再興は不可能と見たのでしょう」

「それで、芦川氏は一族を引き連れて、青野に来てここに定住した。そういうことでしょう」

「芦川氏は、菩提寺を妙泉寺として、祖先の霊を祀るようになったのですね、きっと」

「岡野家は、時代と共にあったわけです。喜太郎さんや、その前のご先祖さんも」

駿河一帯は、武田氏・北条氏が勢力を競った所である。

青野を通る根方街道は、戦国の武将たちが野心を見つめ、風雲急を告げる戦乱の世の変遷を眺めてきたのである。

「そう言えば、青野の西隣の根古屋の丘に、興国寺城跡があります」

「ここからも戦乱の武将が出ています。北条早雲がその人。後の小田原城の城主は、早雲の子孫です」

「早雲は韮山の堀越御殿を急襲して滅ぼし、後に韮山に城を造って、そこへ移り住んでいる」

箱根西麓に、山中城がある。北条氏によって築城された山中城は、国境警備の役目を帯びていたが、その築城に当たっては入り組んだ谷を利用した。巧みな防御の戦術に裏打ちされた山城で、畝堀、障子堀は、敵兵を陥れるために工夫されたものであった。山中城の一角は、敵の動きを監視するのには最高であると同時に、富士山や駿河湾、三島や沼津を眺望できる景勝の地であった。

村人の脳裏に、歴史の授業で習ったことが思い浮かんだ。

「一五九〇年、豊臣秀吉が二十万人以上の兵士を引き連れて、海と山から小田原城を攻めた」

という内容の話であった。

秀吉による天下統一は成功したが、秀吉の死後は関ヶ原の戦いとなり、再び、日本は東軍と西軍にわかれて、混乱の世となった。一六〇〇年に、徳川家康は石田三成が率いる西軍に勝利し、一六一四年と一六一五年の大阪冬の陣と夏の陣で豊臣秀頼を破り、太平の世を造り上げたのである。

「当時の武将は、この根方街道を通って、戦場に赴いた」

村人の一人が、考え深げに言った。

「耳をすませば、馬の蹄《ひずめ》の音や、行列をなす武将の姿が見えるような気がするな」

もう一人の村人が、相づちを打った。

「戦争中は、名主として、さぞ苦労したでしょうな。とにかく村民の命を守らねばならない。戦争になれば、食料が必要になる。兵士の食料の調達をするのも、名主の役目。ちょっと考えただけでも、岡野家の苦労が想像できる」

「田畑を守り、治安を守る。岡野家の功績は、それに尽きる。だから、今でも岡野家は人々に慕われている」

村人たちは、頷き合った。

「ご住職、静岡は名古屋と東京に挟まれています。昔であれば、江戸と尾張の狭間というわけです。ですから、絶えず戦争に巻き込まれやすい。駿河の人々は、生き残る算段を、昔から無意識のうちに考えていたんじゃないでしょうかね」

「そうでしょうね。その考えは青野の人々の心にもあったと思いますよ」

「岡野家は、武田氏が滅んだことを知っている。戦争の無情さ、悲惨さが身に染みている。だからこそ、生き残るための術《すべ》や英知を学んだ」

「村人を大事にすることも、その知恵のひとつですね。人間だけではなく、自然や動物や植物に至るまで、慈悲の心が息づいている」

「村の人たちが幸せでなければ、岡野家は幸せになれない。そのことを身をもって学んでいたんでしょうね。そして、それを守り抜いてきた」

「青野にいると、色々なことが見えていたということでしょう」

「ご住職の仰ることがよく分かります」

「それに、青野には東京や名古屋にないものがある」

「何ですか」

「富士、箱根、伊豆、駿河湾などです。この秀麗な景観があるってことは、幸せなことです」

「ご住職、この風景は心の故郷ですね」

「ええ、喜太郎さんが愛着を抱いていたのは、青野の人々とこの自然です」

「徳川慶喜は駿府を蟄居《ちっきょ》の場とした。魂の拠り所はこの駿河。初代将軍の家康も十五代将軍慶喜も同じだったという点は、興味深いですね」

村人たちは、岡野家の歴史をはじめ、喜太郎が父親の彌平太から学んだ英知を思い知った。

岡野喜太郎という人物を、もっともっと知りたいと思った。

（二） 子供時代

浮島沼に、さわやかな風が吹きわたっている。額に汗をかきながら、農夫は忙しげに鍬で田んぼの畝を作っている。

喜太郎は、齢を重ねても、かくしゃくとして仕事に精を出していたが、久しぶりに、書斎で物思いにふけっていた。

そこへ、青野の村人が姿を現した。

「喜太郎さん、入ってもいいですかね」

「どうしたんだい、そんな顔をして」

「喜太郎さんの話を聞きたいんですよ。前に、話をしてくれるって約束したこと、覚えていますかね？」

「覚えているさ」

「そりゃ、よかった」

「じゃ、こっちへどうぞ」

喜太郎は、村人を応接間に招き入れた。

応接間には、歴代の岡野家の名主の写真が飾ってあった。

喜太郎は、両手を広げて、村人に座るように合図した。

喜太郎は、家族の者に対してもそうであったが、青野に住む村人に、世の中のことを肌で味わって欲しいと願っていた。

「天を知り、大地を知れば、豊かな人間になれる」と信じていた父の彌平太の思いを、喜太郎も守りたいと思った。

鳶の鳴き声は、絹の糸を切るように、空気をふるわせながら浮島沼の風景に親しみを与えた。

明治元年、喜太郎が五歳のときである。

「喜太郎、こちらに来なさい」

彌平太は、息子の喜太郎を座敷に呼び寄せた。

「何ですか、お父さん」

「私に代わって、年始回りをして欲しい。頼んだぞ、喜太郎」

「年始回りですか?……」

驚いた喜太郎は、じっと彌平太の顔を見つめた。

「おまえはすでに岡野家の跡目だ。私の代わりができるはず。手分けして、年始回りをすることにする。いいかな、喜太郎。これは勉強だ」

そう言うと、彌平太は、紋付袴《もんつきはかま》と脇差《わきざし》を、喜太郎の目の前に差しだした。

喜太郎は、緊張した面持ちで、父親の顔を見たままじっとしていた。

「おい、勇助、喜太郎のことは頼んだぞ。何事も最初は嫌なものだが、慣れれば、どういうことはない」

母親キンの手を借りて、喜太郎は羽織袴を身につけた。身支度を終えると、家僕の勇助が脇差をそばから手渡してきた。

勇助は、常に彌平太に付き添って年始回りをしていたから、要領は心得ていた。


「出かけるとしましょうか」

心配げな表情をして、母のキンが玄関先まで見送りに出た。

「奥さん、俺が付いていています。ご心配はいりません」

「頼みましたよ、勇助」

「では、行って参ります」

喜太郎の心配は、消えなかった。大人の世界を知らなかったし、正月を厳粛に迎えるという習慣について何の知識も持ち合わせていなかった。

喜太郎は、勇助の後について回った。玄関の扉を開けると、中に入り、勇助がする物腰や挨拶を真似ながら、同じ動作や所作を繰り返した。

「まあ、お父さんの代わりね、ご苦労さま。立派な名主さんになれるでしょう」

どの家でも、同じような褒め言葉をもらった。

道は、ところどころに泥濘《ぬかるみ》があった。運悪く、足を泥に取られてしまうと、歩けなくなってしまう。

すると、勇助が喜太郎の手を取り、背負って、泥濘を渡った。時には、勇助が喜太郎を肩車して歩いた。


どこの家でも、正月を心から祝福し、年の変わり目を厳粛なものとして大事にしていることが、喜太郎の目によく分かった。

「おお、喜太郎」

年始回りも最後となった家の玄関先で、いつも遊び相手をしてくれる年上の仲間から、声をかけられた。

「ああ、お兄ちゃん」

「とっぽいぞ、喜太郎」

「ええ、とっぽい！」

「ああ、喜太郎。とっぽいぞ」

「とっぽい」という言葉は、方言で「格好がいい、気取っている」という意味であった。

「そうきゃあ！」

「また、遊ぶべえな、喜太郎」

喜太郎は、はにかみながら、改めて自分の姿に見入った。

紋付き羽織を着込み、脇差を差している子供は、青野にはいなかった。

「頑張れよ、喜太郎。また、遊んでやるからな」

帰りがけにかけられた、この声は喜太郎を喜ばせた。喜太郎は、この年上から、正月の遊びであるメンコ、竹馬乗り、ビー玉、たこ揚げなどを教わった。ちょっとした工夫で、遊びは上達した。遊び上手な喜太郎は、コツを教わると、たちまち遊び仲間をしのぐほどとなった。仲間うちから賞賛の声を浴びることは、嬉しいことであった。

喜太郎は、人の面倒を見ることの大切さを、この年上から学んだ。

喜太郎の家の目と鼻の先に、北条早雲が築いた興国寺城跡があった。根方街道と浮島沼と伊豆半島が見下ろせる興国寺城跡は、戦乱の雰囲気も残り、子供が竹を刀に見たてて、チャンバラごっこをするのに最適な場所であった。幼い喜太郎は、年上の竹を除けきれずに、切られることがあった。

「どうだ、喜太郎。参ったか」

「まだまだ」

「しぶとい奴だ、喜太郎は」

喜太郎は、絶対に弱音を吐《は》かなかった。

この年上のお陰で、喜太郎は度胸を身につけ、めきめきと頭角を現わした。

やっと帰宅すると、勇助は彌平太に向かって報告した。

「喜太郎さんは、とてもしっかり、お勤めを済ませました。どの家の方からもお褒めの言葉を頂きました」

「おお、そうか。喜太郎、ご苦労だった」

ほっとした表情をキンに向けると、彌平太は、自分が興奮していることを感じた。喜太郎に自分のすべてを伝え、遊びの中から、肌で生きる歓びを味わって欲しいと願った。

天を学び、土地のことを知れば、立派で逞しい人間になれると彌平太は信じて疑わなかった。

太陽は大八州を照らす。彌平太は喜太郎の目と心に大八州が見えてくるように願った。

（三）　子供時代

菩提寺である妙泉寺のそばに、金龍寺という小さなお堂があった。そこには、寺子屋があった。

明治二年、喜太郎が六歳のときである。

彌平太は、喜太郎を呼び寄せた。

「遊びの方は、どうかな。思い切って、遊んでいるか。友達はたくさんできたか」

「はい」

「そうか。遊びによって、体が鍛《きた》えられる。風邪も引かないようになる。遊び方を学べば、知恵がつく。……ところで、喜太郎」

「はい」

「立派な人間になりたいか」

「はい」

「じゃ、学問をすることだな」

「はい」

「そうだ、学問だ。喜太郎が持っている可能性をもっともっと伸ばしてみたいと思わないか。世界が見えてくるぞ」

「世界！」

「この日本を造った人々のこと。そして青野や岡野家を造った人々や、この根方街道を通った武士のこと、なぜ人々が神社仏閣を必要とするかなど、喜太郎が知りたいことは何でも学べるぞ」

「ほんとですか？　何だか、難しそうだなあ」

「喜太郎ならできる。よく遊んだから、次は学問だ。歴史を学べば、もっと広い心が持てる。

世界が広がる。戦いについて学べば、平和について語ることができる。どうだ、学問を始めてみるか」

「はい」

「よし、良い返事だ」


喜太郎は、寺子屋に通うこととなった。

寺子屋とは、地域の人々の手によって、地域の子供たちを教育する場所である。寺子屋へは、身分に関わりなく、勉学の志さえあれば通うことができた。ただ、貧しい時代であったから、寺子屋に通うのは恵まれている子供たちに限られていた。先生には、江戸時代に武士であった元藩主が当たった。武士は、読み書きそろばんができ、漢文などの素養があった。

喜太郎は、「いろはにほへと……」という四十八字の読み書きから学び始めた。これは江戸時代から行われている方法で、基本を学び終えたら、漢字の学習へ進むことができた。

喜太郎は、「みやこ路」といって、江戸から京都への地名を読み込んだものや、「国づくし」といって、日本の六十四ヵ国の名を読み込んだものなどを教わった。

文字を学び、書物を読むことは楽しみとなった。寺子屋へ通うことは、勉強好きな喜太郎にとって新たなる挑戦であり、歓びとなった。

八歳になると、青野から一里（約四キロ）離れた原町一本松にある初学舎に通うことになった。初学舎へ喜太郎を通わせることは、彌平太の考えであった。

初学舎は、一本松の大通寺という寺を利用した私塾で、金龍寺の寺子屋と違って、進んだ教育をしていた。

師匠は藤岡という徳川の藩士で、岩淵から通っていた。助教の藤川肇は、一家で大通寺の本堂の一室を間借りして住んでいた。藤川は師匠の藤岡夫人の弟であった。その母親はかつて徳川龜之助（徳川家達の幼名）の乳人《めのと》をしていた人で、礼儀作法や立居振舞の躾《しつけ》は厳格をきわめた。

「何です！　その座ぶとんの置き方は！」

適当に座ぶとんを置くと、どやしつけられる。喜太郎は、大あわてで、座ぶとんを畳のへりに平行に置いた。

「何です！　その歩き方は！」

畳のへりを踏んで歩くと、怒声がとんだ。歩くときには、畳のへりを踏まずに歩くことが正しいと叩きこまれた。

「立ったままとは何事です！」

襖や障子の開け閉めは、必ず坐ってやることを習慣づけられた。

自由奔放に育った喜太郎にとって、礼儀作法のやかましさは、耐え難いものであった。冬空の星は、目に眩しいほどにきらめいた。一人、じっと星を見つめていると、涙がこぼれそうになった。

父の命令であることを知っている喜太郎は、じっと耐え忍んだ。


初めのうち、喜太郎は青野から通学していた。

冬になると、大通寺に寄宿することとなった。幼い喜太郎には、湿田の中をうねうねと通じるたんぼ道と、泥濘は耐え難く、一本松まで一里あまりもあり、寄宿生活はやむを得ないものであった。

いくら私塾で厳しい躾を受けても、帰宅すれば、自由があり、ほどほどに気持ちをいやすことができた。

しかし、寄宿となると、礼儀作法の厳しさに、四六時中、耐えなければならない。

藤川一家は、家族四人で、八畳間を占領していたため、喜太郎は本堂に寝ることを余儀なくされた。

寝る前に、着物や袴はきちんとたたんで、枕元に置かなければならなかった。

本堂には仏壇があった。仏像が立ち並び、葬式や法事のための煌《きらび》やかな蠟燭《ろうそく》立てや、華やかな蓮《はす》の台座に御釈迦さまの姿があった。天井を見ても、壁を見ても、喜太郎の孤独をいやす物は何ひとつなかった。

広い本堂は、夜になると、鼠《ねずみ》が出没した。頭のそばを這い回り、安心して寝てはいられなかった。蒲団の上などを、かけずり回る鼠もいる。いくら追っ払っても、鼠は物怖《ものお》じしない。鼠が本堂から消えるのは、朝方になってからである。

結局、眠りをむさぼることはできないままであった。

何もかも、喜太郎自身が一人でやらねばならなかった。泣き出したくなることがしばしばであったが、誰にも告げることはできず、じっと堪《こら》えるしかなかった。

毎朝、五時頃には起きた。起きて、まず、井戸端に行って、撥《は》ね釣瓶《つるべ》で水を汲み、顔を洗う。冬であれば、井戸端は凍りつき、水は手を切るように冷たかった。次は、本堂に行って、掃き出しの仕事である。それが終われば、竹箒《たけぼうき》を用いての庭掃除である。大人が使用する竹箒を用いて、子供の喜太郎がやるのであるから、その労力は大変であった。寺には大樹が茂っている。木々の間に挟まった枯れ葉を掃き出すのは、子供の手では容易ではなかった。

「本当に、庭を掃除したのか？　箒で掃いた跡が庭についていないぞ！」

庭に箒の跡をつけて、掃除しなければならない。喜太郎は力を込めて、精一杯に掃除をした。掃除の後は、箒を所定の場所にきちんと置かなければならなかった。

秋になると、どんなに掃いても庭に木の葉が舞い落ちてくる。

冬空を切るように飛び交う鵯《ひよどり》の鳴き声を聞きながら、ひたすら庭を掃き続けた。

藤川の御上《おかみ》さんが、そんな喜太郎の姿を見て、夫に告げた。

「喜太郎さんは、名主のお坊ちゃんよ。仕事が辛すぎないかしら」

「……」

「普段は、お手伝いさんの世話になっているんでしょう。布団の上げ下ろしなどは、きっと、お手伝いさんが……」

「自分が寝る布団の上げ下ろしだぞ！　自分でやるのが当たり前だろう」

「まだ、小さい子ですよ」

「何だ、同情しているのか。これは修行だ。彌平太さんからも、しっかり教育するように頼まれている。嫌になったら、ここを出ていけばよい。……喜太郎さんなら、この荒行を耐えられる。見てみろ、一所懸命にやっているじゃないか。今、手ぬるいことを言ったら、本人のためにならない」

食事も実に粗末であった。青野の家から、たびたび、薪炭や野菜などが師匠のもとへ届けられた。しかし、喜太郎が口にするのは、大根の葉っぱであった。根の方は食べさせてはもらえなかった。

薪炭も十分に与えてもらえなかったから、凍えた手を火にかざして、ぬくもりを得ることはできなかった。冬の夜は、薄いせんべい布団にくるまり、鼠の這い回る音を聞きながら、じっと夜の明けるのを待った。

ひとつひとつ、言われることを守り、教えられたことに従い、喜太郎は修行と思って、一所懸命にやり遂げようと考えた。


月に一度は青野の家に帰ることが許された。家は有り難かった。故郷の景色はなつかしかった。道すがら、様々なことを考え、心を躍らせながら、帰路を急いだ。

「ただいま、帰りました」

父の彌平太の顔を見るなり、喜太郎は言った。

「おお、しっかり勉強に励んでいるか」

「はい」

「これからも頑張れ！　喜太郎」

そう言うなり、父は急いで仕事に向かった。

ところが、母は違っていた。火鉢にかざしている手を見ると、母は驚いた表情を露わに、喜太郎の手を握りしめると、こすり始めた。息を吹きかけ、何とかして手を温めようとした。

「まあ、こんなにひびがきれて、可愛そうに」

見る見るうちに、母の目頭に涙がたまった。その涙を、母はぬぐいさり、再び喜太郎の手をこするという具合であった。

「お母さん、僕は平気です」

「平気って、喜太郎。その手を見ただけでも、苦労していることが分かるわ」

「大丈夫ですよ、本当に」

「辛かったら、辛いと言いなさい」

「ううん、平気、平気」

喜太郎は、涙ぐむ母の姿を見ながら、母の優しさに負けてはいけないと、自分に言い聞かせた。

「厳しい躾に耐え、僕は立派な人間になりたいと思います」

「まあ、喜太郎」

そう言って、再び、母は涙をぬぐった。


初学舎で、喜太郎は八歳から十歳まで学んだ。

喜太郎は「詩経」や、福沢諭吉の「学問ノスヽメ」（一八七二年出版）などを勉強した。師匠は、藩士である場合が多く、教育の方法は江戸時代の私塾で行われていた方法と大体において同じだった。

江戸時代の私塾であれば、武士の子弟も農民や商人の子弟も、世界に目を向けるために四書の「論語」「大学」「中庸」「孟子」などを中心に、暗唱することに重点を置いた教育が中心であった。

「読書百遍、意自ずから通ず」という方針が貫かれた。

外国排斥の風潮が強い江戸時代は、西洋文明や文化を学ぶという風潮は敬遠された。蘭学を通して、一部の武士が西洋の事情に触れるに過ぎなかった。

しかし、時代は明治となり、西洋の近代文明を学ぶことが時代の潮流となりつつあった。喜太郎は、同じ年頃の生徒に先んじて「学問ノスゝメ」の学習に興味を抱いた。

喜太郎が、勉学を始める頃、私塾の生徒は二十人ばかりで、その多くは十三歳から十五歳であった。八、九歳の子供は喜太郎一人であった。

喜太郎は、早熟な生徒で、負けん気は人一倍であった。

大通寺の住職が喜太郎の世話をしたいと申し出たため、喜太郎は大通寺へ移り住むこととなった。ある日、大通寺から少し離れた、桃里から初学舎に通っていた年上の庄司善次郎という青年から声をかけられた。

「芝居をやらないか」

「芝居」

「ああ、芝居だ。芝居は見るだけじゃつまらない。演ずるほうが面白いぞ」

「芝居などやったことがありません」

「皆で一緒にやるんだ、協力してな」

「僕にもできますかね」

「できるさ。だから誘っているんだ」

喜太郎は、庄司善次郎らと芝居を習うことになり、おさらい会が来ると、静御前を演じることとなった。

喜太郎は、何に対しても挑戦しようとする意欲があった。舞台で静御前を踊るという経験は、喜太郎にとって生涯忘れ得ぬ思い出となった。


明治五年八月に学制が発布された。学制は明治新政府が学校制度や教員養成について定めた基本的な規約であった。これにより、国民のすべてが初等教育においては修学が義務付けられ、数年間のうちに全国で約二万校以上の小学校が開校され、就学率は四十パーセントに上った。

それまで、寺子屋教育が主流で、授業の方法はまちまちであったが、教育方法が改められ、学年別の一斉教育が採用された。統一された国定教科書を使い、合理的な近代思想を前面に押し出した内容となった。

明治六年、小学校が隣村の東井出の大泉寺に設立された。

父彌平太が、その小学校の幹事に選ばれたので、喜太郎はそこへ通学することになった。小学校といっても、かつて喜太郎が通った寺子屋と大差なかった。教員は元旗本の安川という父子であった。生徒は約二十人で、女生徒が四人学んでいた。

その後、青野の他に、三ヵ村で篤恭舎が設立されると、喜太郎はそこへ転校した。そこでは、吉田貞一という浪士が二本差しをしたまま、国史略、十八史略、日本外史などを講じた。

政府によって学制が敷かれ、新時代になったとはいえ、教育方針が全国津々浦々に浸透するには、時間を要した。依然として、田舎においては寺子屋が残り、教師といっても元旗本とか浪士といった者が授業を担当した。武士階級の教育がまかり通り、急に近代思想を講じるということ自体が無理であった。

喜太郎にとって、通学は楽しいものであった。学問をするということが、自分の将来にとって、有益であると感じたばかりでなく、学問を通して色々な世界や出来事を知ることを、喜太郎は心から楽しいと感じていた。

雨の日は、裸足《はだし》で学校へ通った。喜太郎ばかりでなく、裸足で生活することは、普通のことであった。江戸時代は旅籠《はたご》に着くと、旅人は入口で足を洗うことを習慣とした。それは、当時の旅人が素足に藁草履《わらぞうり》を履くことが一般的であり、汚れることは当たり前であったからである。浮世絵などを見ると、当時の旅人は素足である。足袋《たび》を着けているのは、武士や豊かな商人を除いて、まれであった。駕籠担ぎなどは、そのまま素足で藁草履をはいていた。

当時の子供にとって、裸足で遊ぶことは普通であったから、通学も裸足であることはおかしなことではなかった。

だが、冬には、下駄を履かないわけにはゆかない。喜太郎も下駄を履いて通学した。ところが、雨の日には、泥濘《ぬかるみ》に足を取られて、下駄の鼻緒《はなお》を切らし、苦労することが多かった。

実際、水に湿った鼻緒は切れやすかった。

目の前を見ると、下級生が下駄の片方を手に肩を落として歩いている。

「どうした？」

「鼻緒が切れてしまったの」

「見せてご覧。直ぐ直せるから、心配はいらないよ」

喜太郎は、袂《たもと》から鼻緒にするヒモや布キレを取り出した。喜太郎は、通学者の中で、年長者ということもあったが、下級生の面倒をみることを快《こころよ》しとした。喜太郎は、器用に、下級生の下駄の鼻緒をすげ替えてやった。

「有り難う、お兄ちゃん」

「泥濘に、下駄を取られないように気をつけて歩くんだよ」

とは言っても、雨の後の路は、どうにもぬかるんでいた。

下駄を履ける子供は、まだ良い方であった。藁草履を履いた子供は、気の毒であった。水にぬれれば、藁草履は、全体が湿って弛《ゆる》んでばらばらとなり、歩きにくさはこの上なかった。大事な下駄を水に濡らすまいとして、裸足のまま、下駄を手にして歩く生徒が目につくこともよくあった。

「喜太郎、下級生の面倒をみてくれて、有り難う。父兄からも、お礼の言葉が届いている」

「困っていたから、やっただけです」

「それが、有り難いんだよ、喜太郎」

「小さいとき、僕も年上の仲間から色々と教わりましたから」

「喜太郎は、勉強ができるばかりでなく、本当に良い生徒だ」

わけ隔てなく、喜太郎は下級生の面倒を見た。

授業が進むにつれて、勉強が難しくなった。同学年の友達に頭を抱える者がいた。

「勉強が分からないのなら、家へくるといい。一緒に勉強をしよう」

「いいのかい」

「どっちみち、僕も予習をするから、お互い様だよ」

喜太郎は、同じ学年の友達を自宅に集めて、勉強を教えてやった。教えることは学ぶことであり、改めて勉強の面白さを味わった。

喜太郎は、学校の成績が一番であったが、単に頭がいいだけという子供ではなかった。競争ごとになると、持って生まれた負けん気が顔を出した。それは友人も上級生も認めるところであった。

盆喧嘩が、年中行事のように行われた。

毎年、盆の十五日の送り火の日が来ると、喜太郎の血は騒いだ。

青野の少年たちは、高橋川を挟んだ柳沢村の少年たちと喧嘩をした。普段は仲良くしているが、盆のこの時期、青野と柳沢村の少年たちは、江戸時代の武士さながらに、二手に分かれて勇ましく喧嘩をするのであった。

喜太郎は、青野の隊長として、戦いを指揮したのである。未だ体こそ小さかったが、度胸といい、戦闘ぶりといい、負けん気を十分に発揮したのである。盆喧嘩の戦いにおいて、喜太郎は一歩たりとも退くことはなかった。

度胸に加えて、味方を指揮する優れた能力は、武田信玄に仕えた芦川三郎兵衛の血筋を引いているかのようであった。

陣頭指揮を執る喜太郎の脳裏に、天下人の夢に酔いしれた武田信玄の勇ましい姿が映った。

（四）父母のこと

喜太郎は、村の目下の者から寄宿生活をしていた頃のことを尋ねられることがあった。

「喜太郎さん、本堂で一人で眠るとき、怖くなかったですか」

「怖かったさ。死ぬかと思ったよ」

「僕にもできるかなあ。喜太郎さんのようなことが」

「できるさ。私にできたんだから」

「喜太郎さんって、強いんですね。寺の本堂に一人、寝起きするなんて、想像しただけでも怖いです」

「ははははは……空の星と友達になれたせいかな」

「どういうことです？」

「話しかける人もいないから、毎晩、夜空の星に語りかけたんだ。強くなれますようにって」

「そしたら、強くなれたんですか！」

「悲しみも寂しさも消し飛んでしまったよ」

時には、悪たれ小僧であった頃のことを尋ねられた。

「喜太郎さん、盆喧嘩で負けたらどうなるんですか」

「負けることなんか考えなかったよ、絶対に勝つと思って戦ったから」

「喜太郎さんって、凄いなあ」

「父と母のお蔭だよな、きっと」

「彌平太さんと、キンさんのことですね」

「ああ、そうだよ。二人のお蔭で、今の私がある」

話をするうちに、両親のことが懐かしくよみがえった。

喜太郎は、父の彌平太を尊敬していた。父がいたから、今の自分があると信じて疑わなかった。

武田信玄の家臣である芦川三郎兵衛を祖先に持った彌平太には、質素の中に雄々しさがあり、武士の威厳が絶えず感じられた。

故郷の青野をこよなく愛し、常に人々の生活の安寧《あんねい》を考えていた。名主として、その職責を全うするには、村民の信頼を得ることが大事である。名主としての肩書に加えて、十一代に亘る岡野家の当主として、また、菩提寺である妙泉寺の檀家として、信仰心が篤く、彌平太は村民の尊敬を集めていた。

村民から年貢を集めて領主に納めるのが名主の主たる役目であったが、村民の様々な悩みや問題の相談に乗り、それらを解決するのも名主の役目であった。

彌平太は、初代の芦川三郎兵衛が武田信玄の家臣であることを誇りとしていた。歴史に詳しく、自分が十一代目であることを自覚して、先代のことを良く勉強し、先代が遺した様々な伝統を受け継いでいた。

正月が近づくと、名主である岡野の家では、家族総出で餅つきをする。

「来年の豊作と無事を祈って、心して餅をつこう」

当日、彌平太は袴《はかま》を着けて、餅つきに臨んだ。

「喜太郎、お前もつくんだぞ」

「はい」

「つく前に、しっかりこねなければならない。何故か分かるか」

彌平太は、臼の中の餅をこねながら言った。

「餅は、こねればこねるほど、粘りが出るんだ。粘りが出れば、美味《うま》くなる」

彌平太は、腰に力を入れると、杵《きね》で餅をこねながら、臼の周りを回った。

餅をこね終わると、今度は、餅をつく番となった。彌平太が杵を打ち下ろすたびに、妻のキンは餅が臼の底にくっつかないように、手に桶の水をつけながら、巧みに餅をひっくり返した。

「力が入ってますね」

「皆にも食べて、喜んでもらいたいからな」

名主の餅つきは、普通の家では想像もつかないほどに、回数を重ねた。餅は正月の目出度い食べ物であった。人が訪ねてくれば、土産に餅を持たせることも慣わしであった。

炊いた御飯は、日持ちがしない。しかし、餅は日持ちがする食べ物として、重宝がられた。

昔、武士が戦場に赴くとき、餅を持ったのは長持ちがするし、腹持ちがよいからでもあった。

最初の餅は、彌平太がついたが、後は家僕が代わる代わるについた。


ひと息ついた彌平太は、餅を頬張る喜太郎を見て、

「喜太郎、どうだ。つきたての餅の味は」

「美味い！」

「そうか、よしよし。たくさん食べろ」

「はい」

「餅を食べられない人もいるんだ。そのことだけは忘れるなよ」

「どうして食べられないの。こんな美味しい餅を」

「……こうして、岡野家が餅を食べられるのは、青野に住む人々のお蔭なのだ。そのことを覚えておくといい」

「はい」

「青野の人々が健康で、仲良くやっているから、餅が食える。もし、青野に問題が起こったり、人々が仲良くできなかったら、餅が食えなくなるぞ。台風や飢饉に襲われたりしたら、餅米が手に入らなくなる」

「はい」

「岡野家は、代々、青野の人々と仲良くやってきた。喜太郎、お前もそのことを十分に覚えておきなさい」

「分かりました」

「私の跡目は、お前だ。岡野家の当主の自覚を持たなくちゃあ駄目だぞ。いいか、立派で思いやりのある人間になるんだぞ」

喜太郎は、何となく分かってきた。父の彌平太を見ていると気張ったところはないが、威厳があった。伝統を重んじ、岡野家の家風を尊重した。そして人々から尊敬の念で迎えられていた。

岡野家が代々伝える家宝に、彌平太は愛着を持ち、それらに誇りを抱き、大事に保管していた。時に、彌平太は、それらを出して整理したり、眺めては古き時代と祖先に思いを馳《は》せていた。


正月となった。

彌平太は、紋付袴を着けて、床の間を背にして、座敷の中央に座った。父の彌平太を取り囲むように、一人ひとりにお膳が与えられ、新年を迎えての食事の儀式となった。

彌平太の物腰は、岡野家の安泰と安寧に絶えず責任を持つ家長として、どっしりとした大黒柱のようで、威風堂々としていた。

「家族一同で、お天道様に挨拶ができた。昨年は色々とご苦労だった。今年も豊作で、この一年、無病息災でありますように、私はお祈りした。皆もお祈りしたか」

彌平太は、御神酒《おみき》を注ぎながら、重々しい表情で言った。

家僕たちは神妙な表情をして、主人である彌平太の言葉に聞き入った。

「ところで、喜太郎。お前にとって、今年が良い年であるように祈っている。精進しなさい」

そう言って、彌平太は御猪口《おちょこ》を目の高さに掲げると、酒をぐいっと飲み干した。

目の前に、正月のご馳走が並んでいた。

母キンのそばに座らされた喜太郎は、久しぶりに見るご馳走に、箸をつけようと、身を乗り出した。

すると、キンが喜太郎を制して、お膳の上のご馳走を指差した。

「喜太郎、ご馳走のひとつひとつに意味があることを知っていますか」

「……知りません」

「蓮根《れんこん》は、穴がたくさん開いているでしょう。見通しがよいという意味ですよ。黒豆は、まめまめしく働く。数の子は、子供が沢山授かりますように。昆布《こんぶ》は、喜《よろこぶ》という言葉に掛けている。みんな意味があるのよ。今年もいい年でありますようにと願って、縁起を担いでいるのね、きっと」

「食べていい？」

「まあまあ、お腹が空いているようね。感謝しながら、頂きなさい」

キンは、喜太郎に微笑みかけた。

母はいつも優しかった。

喜太郎にとって、母の姿は花のように麗《うるわ》しく、空のように寛大であった。しかし、躾となると、厳しいものがあった。ご飯やおかずを食べ残すと、「お百姓さんが苦労して育てたものなのに、もったいないことをするものではありません。罰が当たりますよ」と、厳しく叱られた。

喜太郎は、原町一本松にある初学舎からひび割れた手をして帰宅するたびに、母が涙を流した姿を思い浮かべた。

母は包みを喜太郎に手渡した。

「喜太郎、これを持って行きなさい。さあ、早く」

「誰に渡すの」

「急いで行けば、間に合うわ。先ほど、膝行《いざり》の乞食が物もらいに来たの。待っているように言ったけど、行ってしまったようだわ。おむすびを握るのに、時間がかかってしまった」

膝行とは、立って歩けず、跪《ひざまず》いたまま歩くことであった。松葉杖を頼りに歩く姿は、喜太郎の目にも気の毒と映った。

乞食は、喜太郎が差し出した包みを、満面の笑みを浮かべて受け取った。顔は日焼けして薄汚れ、いかにもみすぼらしい身なりは、喜太郎の胸を打った。

キンの話では、生まれながらに体が不自由であったり、家が破産したり、両親が病気になったりして、乞食になる場合があるということだった。「からかったり、馬鹿にしたりしては絶対にいけません」と、母は強く喜太郎に言い含めた。

母のキンが握り飯を乞食に与えたのは、これが最初ではなかった。乞食が来ると、母は忙しいときでも、乞食を外に待たせたまま、握り飯を握って、家僕がいないときには、喜太郎に持たせ、走らせた。

乞食に対してだけではない。家僕の勇助に対して取った母の態度は、夫の彌平太もあきれるほどであった。

勇助は、博打《ばくち》に負けて、大変に困ったことがあった。どの家も貧しい時代で、勇助のことは自業自得として、同情する者はなかった。

そんな勇助を母のキンは家に引き取ったのである。まずは家の納屋に住まわせ、このままでは可愛そうだと思い、家らしい家に住まわせることを考えついたのである。母は無尽に一定額のお金を掛けていた。

無尽とは、頼母子《たのもし》、あるいは頼母子講《たのもしこう》とも呼ばれ、昔から庶民の相互扶助の制度として生まれた金融の一形態であった。複数の人々や法人が講《こう》を組織して加盟し、金品を定期的あるいは不定期に払い込み、利息を受け取るというものであった。

母は、自分の無尽を落札し、それを使って、一棟を勇助のために立ててやったのである。勇助は、それに感激し、岡野家のために誠心誠意、働いたのであった。

母には、こんなこともあった。名主である岡野家は、年貢を集めて、納める役目を負っていたが、年貢を集めて、後で計り直すと、一俵か二俵の不足が出ることがあった。

こうしたことは、許されてはならないことであった。実は、母のキンが農家の苦労を慮《おもんばか》って、一升、時には二升、さらには三升と負けてやるので、積もり積もって一俵や二俵が足りなくなってしまうのである。

母が死んだとき、母のタンスの中には、着物らしい着物が一枚もなかった。生前、母は困っている人を見ると、着物までもあげてしまっていたのである。

「お母さん。どうして、そんなに親切にするの」

「どうしてって？」

「だって、そうだろう。困っている人を見ると、お母さんは黙っていられないんだね」

「青野の村の人たちのお蔭で、岡野家の今があるの。人が困るということは、岡野家が困っていることと同じなの。困ったときには、助け合わなければ」

母の目は澄んでいた。屈託のない声で、母は喜太郎に笑いかけた。


ある日、喜太郎の家に、村人たちが集まった。村の行事のことなどは、喜太郎に相談することが習わしであった。

話し合いが一段落すると、村人の一人が喜太郎に話しかけた。

「喜太郎さん、お母さんって、凄い人ですね」

「ああ、立派だったよ」と、喜太郎は湯飲みをお膳の上に置きながら言った。

喜太郎の頬には、笑みが宿っていた。

「喜太郎さんは、幸せだったな。心の優しいお母さんに恵まれて。お母さんは誰からも好かれていた。悪口を言うことを聞いたことがない。どうしてそんなに優しい人になれたんでしょうか」

「友達を家に連れてくれば、心から歓迎してくれたよ。だから、よけいに友達が集まってきたんだ。貧しい時代で、腹を空かしていたよ。どの友達も。みんなに、お萩《はぎ》を作ってくれたり、お汁粉を振る舞ってくれた」

「それじゃ、みんな喜ぶわけだ」

「この青野の人々のことを、心から好きだった。だから、皆に優しくしたんじゃないかな。心底から、青野という土地を好いていた。人を好くことと、この青野の土地を好くこととは同じだったんじゃないかな」

「きっと、そうですね」

「母親がいたから、この岡野家が青野の人々と上手くいったと言えるな」

「お母さんの存在が大きかったのですね」

「父の彌平太が大樹の幹とすれば、母は光を受け入れる葉っぱのようなものだ。岡野家を温かく包み込んでいた。家であれば、父は柱や屋根であり、母は囲炉裏《いろり》のような感じだ。家族にとって温《ぬく》もりだった。灯火《あかり》と言った方が分かりやすいかな」

「岡野家にとって、灯火か」

「いくつになっても、母親の手の暖かさや、小さいときに負ぶって貰った時の背中の温《ぬく》もりは忘れることはないんだぞ。今だって、覚えている」

「そうですか」

「寝かしつけるとき、よく話をしてくれた。今でも、どんな話だったか思い出すことができる。楽しかったな。あの時が一番幸せだった」

「へえ」

「色々な話をしてもらったなあ」

「どんな話？」

「勇ましい話では、里見八犬伝とか、豊臣秀吉という偉い殿様の話とか」

「他にはどうですか」

「おとぎ話を作る名人だったな、色々な話をどんどん作り出すんだ。ところが、話の途中で、寝入ってしまって、困ったことがよくあったなあ」

「お父さんは、どんな人でしたか」

「父親の方は、村のことが忙しくて、出歩くことが多かった。私は父親の背中を見て、育ったな」

「父親の背中って？」

「よく言うだろう、子供は父親の仕事ぶりを見て育つって。あのことだ」

「はい」

「父の彌平太には威厳があって、取っつきにくいところもあったが、母のキンには、人を包み込むようなところがあった。彌平太とキンはまさに夫唱婦随《ふしょうふずい》だな。見事な夫婦だった。だから、岡野家は親しみを持って、長い間、ずっと青野の人々に迎え入れられたんだ」

「喜太郎さんのお父さんも、凄かったんだなあ。喜太郎さん、もっとお父さんについて話してくれませんか。私はもっと知りたくなりました」

喜太郎は、懐かしそうに父親のことを思い浮かべた。

母のキンが良妻賢母という時代を映す母親の鏡であるとすれば、彌平太は時代をしっかりと見据えて、青野という土地と人々のことを絶えず守ろうとしていた。

だからこそ、彌平太は喜太郎をよく遊ばせたし、遊びの中にも、色々な教えがあることを学ばせるように心掛けた。

「寺にある木の名前を言えるか。草の名前を覚えているか」

「ええと……」

「お前が上《のぼ》った木は、橅《ぶな》、銀杏、椎、楠、欅《けやき》のどれだ。どんぐりはどの木に生《な》るのか知っているか。椎の実は、どの樹木から取れるか知っていれば、遊びがもっと面白くなるぞ」

実際に、木に上って柿を取ったり、梨を取っては遊ぶことが多かったから、樹木の名前を覚えるといろいろ好都合であった。

「あの花の名前が分かるか、喜太郎」

彌平太は、庭に咲く花を指さした。

「……分かりません」

「庭師に聞けば分かるが、知っておいた方がいい。そうすれば、心を通わせることができるぞ。花だけじゃない、雑草についても同じだ。村人たちが困り果てている雑草の名前を知っているか知らないかで、農作業の苦労が分かってくる」

「雑草もですか？」

「そうだ。村人は、四季折々、その雑草と戦っている。特に、梅雨時から夏にかけて、雑草の成長の勢いは、想像を絶するぞ。成長の早さといったら、一晩で、何寸も生育するものがある。農家の人から、話を聞くといい。喜太郎が知らないことを、教えてくれるぞ」

「はい……」

「見たり聞いたりしたことを、形にすることだ」

「形に？……」

「その通りだ。知識にしておけば、必ず役に立つ。自然のことは、自然から学ぶといい」

「はい、分かりました」

喜太郎は、彌平太から多くを学んだ。彌平太といる時は、緊張感を持って、話に耳を傾け、一つひとつのことを大事にした。

彌平太が喜太郎を寺子屋や私塾へ通わせたのは、学問を通じて歴史や文化を学ばせるためであった。小さいときは、どんどんと知識を詰め込むことができることを、彌平太は知っていた。

彌平太は、喜太郎には負けん気の性格があることを見抜いていた。旺盛な好奇心を持つ喜太郎には、学問を通して、様々な知識を吸収してゆくだけの素質があると読んだ。

「なあ、どうだった、喜太郎。岡野家の祖先の話をしたことがあったかな」

「何度も、聞かされました」

「そうか、そうだったか」

「はい」

「実際に、武田信玄や、この根方街道を通って行った武士の話は何度聞いても面白いぞ。幕末に西郷隆盛が駿府に来て、江戸攻撃に向かう話などは、途中で終わってしまったから、また話してやりたいと思っていたくらいだ」

「聞きたいですね。そうした話は」

「岡野家は、武田信玄の家臣である芦川三郎兵衛が青野に定着して、今の岡野家になったという話は覚えているな」

「はい、覚えています」

「岡野家には、武田勝頼が長篠の戦いで敗れて以来、その教訓がずっと息づいているように思えるぞ」

「どういうことです」

「二つある。一つは、武田信玄は城を持たなかった。城よりも、人々の心に信頼を寄せたからだ。国を守るという人々の愛国心や郷土愛は、武器に勝る。だから、主従の絆《きずな》を大事にして、甲斐の国を統一した。芦川氏は、ここに定住して、武田家の遺訓を守り続けたと言える。青野に溶け込み、青野の人々と仲良くし、運命を共にするという考え方だよ」

「もう一つは、何ですか？」

「もう一つか？　それが難しい。村の人たちには分かってもらえるだろうか。これは岡野家の将来に関わる話になるかな」

「聞かせて下さい、是非その話を」

「長篠の戦いを知っているかい？」

「歴史の授業で習ったよ。一五七五年の、あの戦いのことでしょう」

「武田勝頼は、父信玄の死後、日本統一を夢見て、京都へ進軍したんだ。迎え撃つ相手は、やはり日本制覇を目論む織田信長だ。信長は徳川家康と組んで、三河国長篠城（今の愛知県新城市長篠）をめぐって、決戦となった。一説では、迎え撃つ織田信長と徳川家康の連合軍は三万八千、攻める武田軍は一万五千だったそうだよ。いいか、ここからが大事だぞ。武田軍が惨敗したんだ……」

「惨敗しましたね」

「織田信長・徳川家康軍は三千丁の鉄砲を使ったんだ。新しい時代の兵器だ。それに三段撃ちという新しい戦法の前に、日本で最強と言われた武田の騎馬隊はことごとく滅ぼされたんだ」

「鉄砲か！」

「ああ、近代兵器だ。分かるかな、ここに教訓があることを」

「教訓？」

「ああ、そうだ。教訓だよ。歴史が教えてくれる教訓だ。いいか、歴史に学んで、未来を予測することが大事だぞ、特にこれからは」

「どういうことですか？」

「武田軍は最強の騎馬隊を持っていた。ここに奢《おご》りがあった。相手は時代の変化を読み解き、鉄砲という近代的な兵器を使用したんだ。これじゃ、戦いにならない。もう、刀で斬り合う時代は終わり、遠くから相手を撃ち殺す手段を用いたんだ。それも戦術として三段撃ちで」

「分かりました。武田軍が負けた原因が」

「ところがだ」

「……」

「戦いに勝ち、奢り高ぶった織田信長は破竹の勢いだったが、明智光秀の裏切りに遭い、本能寺で最期を遂げてしまった」

「そうでしたね」

「……武田軍は、敗れこそしたが、大きな遺産を残すことになった」

「遺産って？」

「人との信頼だ。地域の人々との和だ」

「織田信長は強かったけれど、部下の裏切りに遭った。つまり、部下の信頼を勝ち得ることができなかったということですね」

「その通りだ！　大事なのは、人と人との結びつきだ。人を蔑《ないがし》ろにしたら、絶対に駄目だということを武田家は、代々、教えてきた。その家臣も、遺訓を守り通してきた」

「岡野家と、どういう関係があるんですか」

「岡野家も、代々、決して奢らず、誠実に地域の人々のことを心から思い、地域のためになるように暮らしてきた。これからも、この遺訓は受け継がなければならない。誰の心も打つ考え方だ。普遍的な考え方と言った方がいいかな」

「普遍的？」

「物は必ず時間がたてば、古くさくなる。中には陳腐《ちんぷ》となる。しかし、人の心は変わらない。先祖から、代々と受け継がれた教えは、時代を超えて生き続ける。それを普遍性というんだ。磨き抜かれた人間の英知、つまり伝統と言っていい。岡野家は、人々に支えられている。このことを忘れずに、岡野家は青野の人々のために生きなくてはならない。人は、あいみ互い生きるという気持ちを見失ったら駄目だ。絶対に駄目だ」

彌平太は、言葉に力を込めた。

「父の彌平太は、何事に対しても進歩的な人だった。幕末という時代だったから、余計に世界に関心が向いたんだろうな。いや、むしろ岡野家の血筋を引いて、積極的にどんどん行動した人だと言った方があたっているかもしれない」

これからは、世界に目を向け、世界の事情をしっかり見極めることが大切だと、喜太郎は村人に言い聞かせた。

「こんな話がある。父の彌平太を知る良い例えになる話だ」

喜太郎は、一息入れると、村人に語り始めた。

「黒船来航のことは覚えているかな」

「はい、もちろん、覚えています」

一八五三年に、アメリカからマシュ・カルブレイス・ペリー（一七九四〜一八五八）が率いる四隻の黒船が来航した。以来、鎖国をしていた幕府は、てんやわんやの大騒動となり、平穏を打ち破られた江戸市民は、戦乱を避けて逃げ出す始末であった。幕府は何の手立てもなく、慌《あわ》てるばかりで、国内は混沌を極めた。

情報は、口伝口承によって、見る見るうちに全国へ広まった。

「この青野も、例外ではなかった。日本は、これで終わりだと言い出す始末だった」

ペリー来航がもたらした不安は、根方街道の人々をも襲った。外敵による戦争への不安感は、青野の人々の間にも渦巻《うずま》いた。翌年、ペリーは再び来航した。日米和親条約締結のためであった。外敵に対して、無策であった幕府は、ペリーの言いなりになるしかなかった。天皇の勅許《ちょっきょ》を得ないまま条約を締結した井伊直弼は、桜田門外で、攘夷派の水戸藩の浪士に急襲され、一命を落とした。

「次から次と、災難は降りかかるものだ。今度は、ロシア艦隊の来航だ。このことも覚えているかな」

「もちろんです」

一八五四年の暮れに、ロシアの艦隊ディアナ号が下田に来航した。アメリカに続いて、ロシアも日本との友好条約の締結を求めての来航であった。しかし、安政の大地震が下田を襲い、壊滅的な被害をもたらしたのであった。ディアナ号は大きな被害を受け、修理のために、やっとの思いで富士沖に着いたが、浸水が激しくなりついに沈没してしまった。幸い、約六百名近い船員や兵士は、無事に脱出することができた。

「あの時は、この辺りの名主が集められたよ。ロシア兵が、この千本松原の海岸を通って、伊豆の戸田まで行くから、その護衛をしなくちゃならないんだ。大騒ぎだったな、あの時は」

噂《うわさ》はたちまち青野の部落にも伝わった。船員や水夫は、富士に上陸し、徒歩で千本松原を通って、海岸沿いを沼津から大瀬崎、さらには戸田港へ向かったのであった。

「戸田の人々こそ、驚いたでしょうね」

「それを仕切ったのが、韮山の代官江川さまだよ」

当時の戸田の人口は三千人であったと言われる。

その戸田村の人々は、約六百の人々を受け入れて養い、後に戸田号を建造して、船員や水夫をロシアに帰還させた。

黒船の来航を契機に、日本を取り巻く状況は大きく変わった。国内においては、幕府の力が急激に衰え、海外においては、アメリカ、イギリス、フランス、ロシア、ドイツといった国々が覇権を争って、日本を侵略しようとしていた。

青野においても、それまで触れたこともなかった海外の情報が、彌平太の耳に届くようになった。


一八五六年、日米通商条約締結のために下田に来航したタウンゼント・ハリス（一八〇四〜一八七八）は、下田の玉泉寺に領事館を開き、条約締結の交渉に入ろうとしていた。

この時、向学心に燃える彌平太は、下田に赴き、奉行所に住み込むまでの行動力を見せた。知りたいと思ったら、矢も楯もたまらないのが彌平太であった。努力の甲斐あって、彌平太は同心という役目につくことができた。奉行の私邸は、下田の中村という所にあり、毎日、お奉行が役所に馬で出かけたが、その際に、彌平太も馬でお奉行に従ったのであった。

下田に滞在中、彌平太は「唐人お吉」の話を耳にした。後になって、彌平太は喜太郎に唐人お吉の話を聞かせた。

「ハリスは、つれづれなるままに、女房を一人世話してもらいたいと奉行所に申し込んできたそうだ」

「ハリスが自分で頼み込んだんですか」

「そうだ、奉行所では適当な候補者がなく、処理に困っていると、それを伝え聞いたお吉が、みずから進んでハリスのところにやってくれと申し出てきた」

「そりゃ、奉行所は願ったりかなったりだったんでしょうね」

「そこで、お吉を表向きには韮山の代官江川太郎左衛門の娘分ということにして、正式に豪華な結婚式をあげることにしたんだ」

その時、奉行に随行して、彌平太も席につらなったという。

「だからお吉は、世間でいうように泣きの涙で犠牲になったのではなく、立派なハリス夫人になったんだよ」

彌平太は、自信たっぷりに喜太郎に語って聞かせた。

喜太郎は、時代の動きを肌で感じ、学ぼうとする彌平太の勇気と行動力に感服した。

彌平太は、歴史から自分の在り方を学び、身につけようとした。名主は武士ではないが、彌平太は祖先が武田信玄の家臣の芦川三郎兵衛であることから、武士の子弟であれば必ず学ぶことを常識とした儒教の経典である「四書五経」を読んだ。四書とは、「論語」「大学」「中庸」「孟子」、五経とは「易経」「書経」「詩経」「礼記」「春秋」である。四書五経の嗜《たしな》みを、彌平太は是が非でも身につけておきたいと思った。

喜太郎は、父彌平太を敬愛し、母キンを思慕した。両親のお陰で、今の自分があると思っていた。青野の人々が、両親に親しみを感じ、良き名主として認めていることを実感し、喜太郎は自分もまた両親の教えを守ってゆきたいと願った。

喜太郎の話に耳を傾けていた村人たちは、彌平太のことや、岡野家の先代のことを想いながら、「武田節」（後に、一九六二年、三橋美智也が歌い、一斉を風靡した）を口ずさんだ。

甲斐の山々　陽に映えて
われ出陣に　うれいなし
おのおの馬は　飼いたるや
妻子《つまこ》につつが　あらざるや
あらざるや

祖霊《それい》まします　この山河
敵にふませて　なるものか
人は石垣　人は城
情けは味方　仇は敵

仇は敵

詩吟……

疾如風（ときことかぜのごとく）
徐如林（しずかなることはやしのごとく）
侵掠如火（しんりゃくすることひのごとく）
不動如山（うごかざることやまのごとし）

つつじヶ崎　月さやか
うたげを尽くせ　明日よりは
おのおの京を　めざしつつ
雲と興《おこ》れや　武田節
武田節

この民謡調の流行歌は一世を風靡し、山梨県の民謡と間違われるほどに愛唱されるようになった。甲斐の武士の心情を、実に見事に描いた歌であると、喜太郎は強く感じた。

（五）　青春時代

喜太郎の話を通じて、村人たちは功なり名を遂げた岡野家の代々の名主の面影を思い浮かべた。

人間の一生はそれぞれである。しかし、波乱に満ちた父彌平太の生涯は、人間らしい情感と気骨にあふれたものであった。

「地元のことを、しっかりと学ぶってことは大事だ」

彌平太はおもむろに言った。

「はい」

「この青野や、根方街道を通して、自分を学ぶことが可能だ」

「自分？」

「そうだ、自分をだ、歴史は人間によって作られている。時代の精神や人間の生き様を学ぶことができる」

喜太郎は、しばらく窓の外へ目を向けた後、書棚に近づき歴史の本を手にした。本を手にしたまま、村人たちの方に視線を向けた。

「樹木が栄養を吸収して育つように、若い時には、よく学び、よく遊ぶことが心身の成長には大事だってことが、今になって分かった気がする」
「よく学び、よく遊ぶ」
「その通りだ」

明治十二年、この年、十六歳の喜太郎は沼津中学に入学した。沼津中学は、沼津兵学校の後を受けて設立されたもので、校長は江原素六《そろく》であった。

沼津兵学校は、一八六八年（明治元年）、徳川家によって開校された兵学校であった。フランスの軍隊を倣《なら》ったもので、徳川家の家臣の子弟を集めて教育が施された。初代の学長は西周《にしあまね》で、ここから優秀な人材が巣立った。一八七〇年（明治三年）に、兵部省の管轄となり、陸軍兵学寮と統合し、東京へ移転となった。従って、沼津での開校は約三年であった。沼津兵学校は付属小学校を擁し、それが現在の沼津市立第一小学校の前身である。沼津兵学校は日本の近代教育の発祥であったと言っても過言ではない。

江原素六（一八四二〜一九二二）は、江戸で貧しい家庭に育ったが、困難を克服して、剣術や洋学を学び大成した人物であった。明治維新後は沼津に住み、旧幕臣の子女のために沼津兵学校や駿東女学校（今の沼津西高）の設立に力を尽くすなど、沼津近隣の発展に貢献した人であった。駿東郡長を勤めたり、愛鷹山官林の払い下げを行い、後に第一回衆議院議員総選挙に当選するなど、多彩な活躍をした。

「歴史は面白いな」

「面白いですね」

「うんうん、歴史は大事だ。人間のことが良く分かる」

「喜太郎さんは、明治という動乱を生き抜いた生き証人ですね」

村人の言葉に気をよくした喜太郎は、大きな声で笑った。

「わははは。そうか、私は生き証人か」

喜太郎の脳裏に、明治という新時代がよみがえった。

喜太郎は、思い出すまま、明治期の動乱を語り始めた。


一八六八年に、新政府は「五箇条のご誓文」を発布する中で、天皇を中心とする方針を打出した。喜太郎は、新しい時代の息吹を感じ、ご誓文を暗記し、その精神を身につけようとした。

一、広ク会議ヲ興シ万機公論ニ決スベシ。二、上下心ヲ一ニシテ盛ニ経綸ヲ行ウベシ。三、官武一途庶民ニ至ル迄各其志ヲ遂ゲ、人身ヲシテ倦マサラシメン事ヲ要ス。四、舊來ノ陋習ヲ破リ、天地ノ公道ニ基クベシ。五、智識ヲ世界ニ求メ、大ニ皇基ヲ振起スベシ。

明治天皇は京都を発って、江戸城を皇居として、お住まいになった。江戸を東京と改称し、政治の中心は東京となった。

新政府は、新しい日本を造るために、社会の仕組みを矢継ぎ早に改革した。明治二年、各藩がばらばらで統制の効かないことを憂慮し、版籍奉還を行った。これはそれまで各藩が支配していた土地と人民を天皇にお返しするというものであった。明治四年には、廃藩置県を行った。これは藩を廃止し、県を置くことであった。廃藩置県によって、日本は一つになり、藩主は知事になることができたが、武士は生活の拠り所を失ってしまった。

日本は欧米を見習い、富国強兵・殖産興業に立ち向かわなければならなかった。

明治四年一月には、岩倉具視をはじめ、明治の三傑と呼ばれた大久保利通や木戸孝允、さらには副使の伊藤博文など、随行員四十六名、留学生五十九名を同行した欧米視察が行われた。アメリカを手始めに、ヨーロッパ諸国の近代文明の証を学ぶことを目的とした視察であった。欧米の近代化を学び、不平等条約の改正を目的としたが、条約改正の交渉はことごとく失敗に帰した。工業技術、軍事制度、政治制度、教育制度や社会の仕組みを学ぶことによって、その後の日本の発展に貢献することとなった。

この時、留守を預かったのは、西郷隆盛、大隈重信、板垣退助、後藤象二郎、井上毅《こわし》らであった。岩倉具視一行が欧米を視察している間、留守役は新しい改革をしないと約束していたが、国内外の情勢の変化に対応すべく、新政府は明治五年に学制の発布に踏み切った。

一、全国を八大学区に分け、八の大学を設けた。
二、一大学区を三二中学区に分け、二五六の中学校を設けた。
三、一中学区を二一〇小学区に分け、五三七六〇の小学校を設けた。

急激な変化は、貧しい国民にとって不満の種となった。月謝が高くつき、また働き手を奪われるなど、不満をあおる結果となり、各地に暴動が起こるようになった。

新政府は文明開化の定着をはかろうと、お雇い外国人の指導をはかり、科学技術や建築や法律など、あらゆる分野にわたって西洋化を急いだ。新橋と横浜間をイギリス製の機関車が走った。鉄道開通に見る近代化の様子は、文明開化の象徴として歓迎された。殖産興業、郵便制度、電信の開通、さらには横浜毎日新聞や東京日日新聞などの発行により、人々は西洋化の恩恵を受けるに至った。

ところが、明治六年、全国徴兵制の詔《みことのり》と徴兵国論が出され、翌年の一月に二十歳以上の男子は三年間の徴兵の義務を負う徴兵令が公になると、人々の不満は一揆という形で爆発した。

軍隊の維持管理には多額の費用が必要であった。富国強兵を推し進めるために、新政府は、その財源を確保しなければならなかった。その一案が、地租改正であった。税金を一定額で取れば、財政の安定が図られるというわけだ。地租改正条例は、土地の値段を決め、三％を地租とし、土地の所有者がお金を納めるというものであった。各地に起こった一揆を治めるため、政府は地租を二・五％にした。当時の大きな変革に対して、不満を持っていたのは、百姓ばかりではなく、廃藩置県を契機として、生活の不安を抱えた武士たちが各地で不穏な動きをしていた。その数は、三十万とも四十万とも言われた。この不満分子が農民と結びついたらどうなるか。政府は、その対応に苦慮していた。

加えて、留守政府は、新政府との交渉を拒否した朝鮮の扱いに手を焼いていた。板垣退助は、朝鮮に軍隊を派遣することを主張した。西郷隆盛は朝鮮出兵には異をとなえ、自分が特使として朝鮮に赴き、談判することを主張した。時の太政大臣三条実美《さねとみ》は、閣議を開き、西郷の朝鮮派遣を議論した。実美は、西郷の派遣を認める羽目となった。

ところが、そこへ岩倉具視一行が帰国した。一行は、ヨーロッパ諸国の混乱の実態を見聞きしてきただけに、性急すぎる徴兵制の導入や、西郷を朝鮮に派遣する事態について、まずは内政の充実こそ優先すべきと、反対の声を上げた。留守政府は、すでに閣議で決定したことを理由に反論を試みたが、三条実美の病気や太政大臣代理の岩倉具視の反対に遭い、西郷の朝鮮派遣は認めないと言うことになった。

岩倉具視ら欧米使節団の反対に遭った西郷隆盛、後藤象二郎、江藤新平は辞表を提出して、下野《げや》することとなった。下野とは、閣僚を辞任して、地元に帰ることを意味した。西郷は鹿児島へ帰って行った。

政府は真っ二つになった。これが明治六年の政変である。

下野した人たちは、政治活動への道を歩み始めた。その背景には、薩長を中心とした派閥政治への反発があった。議会を作ることで、独裁政治になることを防ごうとする機運が生まれ、その活動のための結社が作られた。

一八七四年一月、板垣退助が中心となり、後藤象二郎や副島種臣《たねおみ》や江藤新平が加わり、「民選議員設立建白書」が提出された。これは議会を作り、国民の意見を反映させようと目論んだ意見書であった。底には政府が藩閥政治であり、国民の意見に耳を傾けていないとする批判が込められていた。

一八七二年二月に、江藤新平が佐賀で反乱を起こした。反乱は政府軍によってたちまち平定され、その後、江藤新平は処刑された。しかし、以後、士族の反乱が各地で勃発した。

片岡健吉が、一八七五年二月に、全国組織として愛国社を結成すると、西日本各地に政治結社が次々と結成され、その運動は広がりを見せていった。

それは国会開催を叫ぶ運動となって拡大し、政府は批判をかわすのに躍起《やっき》となった。政府は、八箇条からなる言論統制令である「ざんぽう律」、新聞条例の制定によって、言論統制を強めた。

政治の現状に不満を抱く士族たちにとって、鹿児島に落ち着いた西郷隆盛への信頼は厚かった。明治十年、士族たちは西郷を祭り上げ、政府打倒を持ちかけようと目論んだ。西郷は、自らが造った新政府に刃を向けることは断固反対であった。しかし、政府陸軍が火薬庫から弾薬を運び出すという状況の中で、戦争という避けがたい事態へと突入してしまった。現実と理想との狭間《はざま》で、西郷は政府との戦闘に巻き込まれる羽目になり、遂に決起した。

西郷軍と政府軍とでは、武器において決定的な開きがあった。政府軍は、新しい銃器を使用し、西郷軍に立ち向かった。

一八七七年三月、田原坂の激戦で、西郷軍は敗退し、退却を余儀なくされた。西郷は、故郷鹿児島の城山に最期の陣を引いた。九月二十四日、政府軍は、城山を包囲し、一斉攻撃を加えた。

西郷は、城山で最期を遂げた。

士族の反乱の中で、西南戦争は最大で、最後の反乱となった。

村人は真剣な表情で、喜太郎の話に聞き入った。

「このままでは、日本が外国の手に落ちてしまうのではないかと、小さな私も心配だった」

「どうしてです？」

「外に目を向ければ、列強が日本を狙っている。国内では、一揆や反乱が起こっている。明治政府の改革が急激だったから、人々の不満が爆発したんだ。混沌としていると、敵が侵略しやすい」

「敵？」

「あの頃はアメリカ、イギリス、フランス、ロシアなど、列強はアジア侵略で鎬《しのぎ》をけずっていたんだ。西南戦争は最大で、最後の士族の反乱だった」

「西郷隆盛っていう名前は誰も知っています。近代日本の礎を築いた明治の英雄の一人ですから」

「西郷さんは至誠の人として尊敬され、明治の三傑の一人として国民の敬愛を集めた人だ」

「立派な人だったんだね。西郷さんは」

「ああ、新しい国づくりに立ち向かった」

「どうして、仲間割れしたんですか」

「新しい日本を造るんだという点では、みな、意見は一致していたんだ。しかし、その方法となると、人それぞれ意見が異なる。そこで争いが生じるんだ、いつの時代もそうだ」

「話し合いで、解決できなかったのですかね」

「人の意見に耳を傾けることは大事なことだ。しかし、それだけじゃ駄目だ。人を説得するだけのしっかりした自分の考えがないと。死ぬか生きるか。伸《の》るか反《そ》るかっていう試練に遭遇する時が必ずある。日本の社会が混乱し、国民同士で殺し合いが始まるか否かの大変な時期だった。西南の役を契機として、日本は落ち着きを取り戻した」

喜太郎は、笑みを送りながら、村人の表情を眺めた。

西南戦争（明治十年）を契機とするインフレとデフレは大変であった。

喜太郎は、名主を務める父の彌平太があまりに急激な経済の動きに、村の重鎮として心を痛めているのを覚えていた。

「政府が、西南戦争の戦後処理のために、不換紙幣を乱発し始めた」

不換紙幣とは、金貨や銀貨との交換を前提とする兌換《だかん》紙幣に対して使われる言葉で、金貨や銀貨との交換を保障されていない紙幣のことをいう。

現在、世界の国々が発行する紙幣は不換紙幣である。管理通貨制度によって、通貨価値に対する信用を維持させることで、金による価値の裏付けが保障されている。このことによって、不換紙幣は広く流通している。

日本では、藩札がこれに当たる。

江戸時代には、各藩が独自に発行し、藩内において使用していた。

西郷札が有名である。明治十年、西南戦争で軍資金の不足にあえいだ西郷軍は、軍費調達のために、薩摩商人に通用期間三年の西郷札を発行した。西郷軍の敗北と共に、明治政府の保障がない西郷札は紙くず同然となり、西郷札を引き受けた商人が没落の憂き目に遭うなどの事態が生じた。

「もし混乱を鎮めることが出来なかったら？」

「大変なことになっていた……」

紙幣の発行高は明治十一年が最高であったが、物価は少しずれて明治十四年が最高、深川の市場で、明治九年には一石五円一銭であった米が、明治十四年には十一円二十銭となった。

「この記事を見るといい。やはり、想像した通りだ。政府も困っている」

喜太郎は新聞の記事を村人に見せた。

明治十四年、松方正義が大蔵卿になると、インフレの弊害を痛感し、わが国の紙幣発行制度を確立するため、明治十五年日本銀行を創立するとともに不換紙幣の回収償却をはじめた。

「今度はデフレに襲われた」

「政府は何をやっていたんですか。庶民の苦しい生活のことが分かっていたんでしょうか」

「各地で不穏な動きが出たよ」

物価はたちまち暴落し、一俵五円の米は三円となり、明治十七年秋の暴風のころには、二円ないし一円五十銭と暴落していた。田地の値段も、年貢（小作米）一俵地につき、明治十年ごろには十五円ないし二十円だったが、高い時は（明治十三年）七十円となり、安い時には十円になっていた。

明治十三年（一八八一年）、北海道開拓使官有物払い下げ事件が発生し、それに関わったとする黒田清隆をめぐり、政府は紛糾した。北海道開拓使の長官であった黒田が、国の所有物を薩摩出身の商人に安く払い下げたという事件であった。大隈重信を中心とした勢力は、薩長政府を糾弾し、その腐敗ぶりをやり玉に挙げた。政府は大隈重信を追放し、併せて国会開設の詔勅を提出した。これが明治十四年の政変である。

窓から、青野の風景が見える。鳥の鳴き声に誘われるように、子供たちの元気な声が通りすぎていった。

「凄い時代だったんですね。明治の初めって」

「江戸時代という一つの時代が終わり、明治になったが、まるで月の裏側を見るように、真新しい時代になったんだ。混乱の中で、よく収まったものだと、私はしみじみ思うよ」

「よく成功したものですね」

「江戸の人々は、旧弊を破り、新しい時代の扉を開くことに夢中だった。新しい組織を造り上げることに挑戦したんだ。それまでは西洋に対する何の知識も、新しい時代への思想も持ち合わせていなかったから」

「たいしたものです、明治の人って」

「何もなかったから、逆にできたんだろうな」

「どういうことですか？」

「国づくりという大義名分の下で、心を一つにしたんだ。列強から日本を守らなければならないという強い危機感があった。だから成功したんだ」

「混乱続きだったんでしょう、最初は」

「幸運にも、国内の混乱は避けることができた。武士の不満は収まり、政府内の対立はあったが、動乱にまではならなかった。これは幸いだったと思うな。社会的な混乱があれば、日本はめちゃくちゃになっていた」

「めちゃくちゃに？」

「鳥羽伏見の戦いも幸い直ぐに終わった。徳川慶喜から天皇への政権の交代も事なきを得た。欧米なら、血で血を洗う戦いになっていたかもしれない」

「どうしてそうならなかったのでしょう」

「和を重んじる考え方が、心の中にあって、無駄な戦いをさけたんだろうな、きっと」

「和の精神？　あの聖徳太子の教えですか」

「その通りだよ。それに、江戸時代から、私塾や寺子屋などで、子供は読み書きができるように教育されていた。古人の知恵を学んでいたから、危機を克服できたのだろう」

「よく勉強をしていたってことですか？」

「正に、その通り。江戸時代は身分社会だったが、私塾には武士、農民、商人などの子弟が一緒に学んだんだ。学問をするということを、生活の中に取り入れたという点では、世界に例を見ないんじゃないかな」

「そう言えば、前に、喜太郎さんは武士でもないのに、四書五経を読まされたと言っていましたね」

「今を豊かに生きるには、過去の人が遺した知恵が大切なんだ。岡野家にも祖先から受け継いだ伝統がある」

「だから、喜太郎さんは、岡野家の伝統や歴史について詳しいのですか」

「伝統は、祖先が守り抜き、子孫に遺す誇らしい遺産だ。それを受け継がなくてはならない」

「良いものは遺すってことですね」

「その通りだ。価値のあるものは、時間を超えて生き続ける」

「喜太郎さんの務めは、この遺産を語り継ぐことですね」

「みんなで知恵を出し合うことだ」

「大人の英知を子供に伝えることが大事だ。岡野家の繁盛も、地道な努力があったからこそだ。それがまた青野の繁栄に通じる」

村人が大きく頷《うなず》いたので、喜太郎は満足そうに笑みを浮かべた。

時代の変化は、青野の部落にも押し寄せた。

板垣退助が沼津に来て、大演説会を開き、そこに喜太郎も出かけ、演説の稽古をするなど、西洋的な自由と解放の気運が押し寄せてきた。

人々は、敏感に、時代の空気を深く吸い込み、吸収しようとした。

自己主張という、それまでは否定的に受け取られてきた態度が是認されるようになった。

二十歳以上の男子は、三年間、兵役に就くことを義務づけられたが、官吏、学生、戸主《こしゅ》、家の跡継ぎは兵役を免除された。加えて、二七〇円の代人料を支払えば、兵役は免除される仕組みであった。当時としては法外な金額であった。

当時、師範学校一年以上の課程を終えた者は、徴兵を猶予され、教師になれば徴兵を免除された。徴兵検査のある前に師範学校の生徒になろうと、喜太郎は大急ぎで、伊豆下田の蓮台寺の豆陽学校師範科に志願書を出した。

幸いに合格することができた。

「合格お目出度う。よかったわね。喜太郎。これで、兵隊に取られなくてすむわ。本当によかった」

母の喜びは、大変なものだった。

「どうしたんです、お父さん。そんな浮かない顔して。喜太郎が兵隊にならなくてすんだんですよ」

「分かっている……」

「なら、もっと喜んであげてもいいんじゃありませんか。喜太郎は長男ですよ。長男を取られたら困ってしまいます」

「ああ……」

　長男の喜太郎は幸いに徴兵制を免《まぬが》れることができたが、徴兵制から免れることができないでいる、他の青野の若者のことが彌平太の頭から離れなかった。


　豆陽学校は中学科が六十人、師範科が七十人くらいであった。学寮があったので、喜太郎はその学校に寄宿し、勉強に励んだ。しかし、間もなくして豆陽学校の師範科は、伊豆の韮山に移って独立した師範学校になった。蓮台寺の師範科は分校になったので、喜太郎は韮山の学寮に移った。

　韮山の江川家は鎌倉幕府と後北条氏などに仕え、波乱の時代を生き抜いた。相模、伊豆、駿河、甲斐、武蔵の天領の代官として、民政に尽力した。一八五三年のペリー来航により、幕府が海防に力を入れた際に、大砲鋳造のための反射炉建設や、品川沖に砲台場を建造したのが江川家であった。一八五四年、日露友好条約締結のために来航したロシア船のディアナ号が富士沖で沈没し、その後、戸田に滞在した約六百名の船員を帰還させた功績も、江川太郎左衛門にあった。教育に力を入れ、私塾を開き、それが後に韮山高等学校となった。ジョン万次郎も韮山を訪れるなど、江川家は幕末から明治にかけて、日本の近代化に尽力した著名な家柄であった。

韮山という新しい環境の下で、喜太郎は勉学に励んだ。友達が外で遊びに興じている間に、学寮に一人残って勉学に専念した。学友たちが掃き捨てた下駄に鼻緒を立て、再利用をした。

青野の寺子屋や私塾で学んでいる時に身につけた習慣は、韮山の学寮に移ってからも継続した。生涯に亘って、人の面倒を見る気概は、喜太郎から消え去ることはなかった。

（六） 勇 気

廊下のあわただしい人の気配に、喜太郎は目覚めた。

「喜太郎、起きなさい」

「どうしたんです？」

「この暴風が分からないのですか」

蠟燭を手にした母の声に、喜太郎はあわてて体を起こした。

外は、荒れ狂う暴風で、地響きを立てていた。

明治十七年九月十五日、未曽有の暴風が日本を襲った。青野一帯は、暴風の直撃を受けた。暴風のすさまじい音のために、昨夜は寝つかれず、朝方になって、喜太郎はようやく寝入ったところであった。

雨戸が暴雨で音を上げている。降りしきる雨の音が、部屋に居ても手に取るように聞こえてきた。天井は、空の怒りに必死に耐えているかのように軋《きし》みを立て続けた。

急いで着替えて、土間に行くと、ずぶ濡れになった勇助と家僕たちを前に、父の彌平太がびっしょりと衣服を濡らしたまま立っていた。

「旦那さま。大変なことになりました」

「ああ、田畑が心配だ」

彌平太は眉をひそめた。

「お父さん、僕も手伝います」

「今、外に出るのは危険だ。このまま、家にいろ」

「でも……」

「このままだと、まずいぞ。海の方から風が吹いているからな。最悪の事態にならなければいいが」

「旦那さま」

他の家僕がびしょ濡れになりながら、駆け込んできた。

「大変です。海水の飛沫《ひまつ》が吹き込んでいます」

「やっぱり、そうか。海風が稲穂に当たれば、被害は甚大になる」


翌朝になると、ようやく暴風がおさまった。

彌平太は家僕を引き連れて、浮島沼の水田地帯を見に出かけた。喜太郎も、彌平太の後に従った。水田には、青野一帯の農家の人々が顔を揃えていた。

「こりゃ、酷い」

誰かが、そう言った。すると、近くにいる他の者が、呻《うめ》くように繰り返した。

「こりゃ、酷すぎる」

誰も彼もが、海水の飛沫を浴びた水田を前に、じっと立ちつくした。

「旦那さま、これから、どうなるんでしょう」

「分からん。最悪の事態はこれからだろうな」

「最悪？」

「海水を浴びた稲がどうなるか、想像がつくだろう」

「苦労して育てた稲が、一夜の暴風で、まさか……」

「喜太郎、自然の恐ろしさをよく目に焼きつけておきなさい。自然を甘く見ると、大変なことになる」

「お父さん、何か打つ手はないんですか」

「今は、様子を見るしかない」


根方街道一体が、まるで海に浸かったようなものであった。海水の飛沫を浴びた浮島沼の水田は、日ごとに被害が深刻になった。

台風一過、晴れの日が続くと、水田は見る見るうちに白々としてきた。生気を失い、稲の葉は褐色となり、稲の穂は、しらじらと、立ち枯れの姿を見せ始めた。

「駄目だ、駄目だ」

「これじゃ、稲穂が実らない」

「これから実ろうとする時に……」

「どうしたらいい、首を吊らなきゃならないぞ」

「年貢などとても払えない」

「年貢どころか、どうやって家族を食わせるんだ」

「育ち盛りの大食らいばかり抱えて」

「このままだと、子供を働きに出すか、土地を売るしかないだろう」

農民は、茫然自失したまま、動けなかった。

もともと、浮島沼の水田は湿地帯で、収穫が少ない青野の集落は、貧しい家庭が多かった。

そこへ来てのこの暴風である。

困窮は、たちまち村中に広がりをみせた。

「どうしよう、生活の糧《かて》がなくなってしまった」

愛鷹山は天領のため、無断で入れなかった。

「畑を耕すことができないとなれば、死ぬしかない」

「待てよ、早まるな」

「他に生きる道があるとでも言うのか」

「田んぼを売るしかない」

「田んぼを売ってどうする。どうやって暮らすんだ」

「やっぱり、首を吊るしかないいな」

「やめろよ。滅相もない」


勇助が彌平太のところへ来て、村の惨状を報告し始めた。

「旦那さん、また土地の売却の話が決まりました」

「またか」

「青野の農民の土地がどんどん人手に渡ってしまいます。このまま、見過ごすしかないのでしょうか。集落の地所の半分以上が、人のものになりました」

「こうして手をこまねいていることが一番辛い。かと言って、土地を手放すなとも言えないし。……もう何べんも説得してきたが、困ったものだ。どうすることもできない、死ぬしかないと言われたら」

「実際に、自殺したという噂や、家出したという噂がまことしやかに囁《ささや》かれています」

「駄目だ。そんな噂が蔓延《まんえん》したら、村全体が沈みかえってしまう」

「じゃ、どうしたら」

「皆を救ってやりたい、こういう時こそ。……だが、ことは私の力を超えてしまっている」

なかった。

「旦那さん」

彌平太は、腕組みして、じっと考え込んだ。

残っている土地は、岡野家のもので、一般の農家で持ちこたえている者は数えるほどしか

喜太郎の目にも耳にも、友人が苦しんでいる様子が映り始めた。

「お母さん、あちこちの家で、子供の泣き声がする」

「可哀想に。腹を空かしているんだよ」

「何とかならないかな。小さい子供の泣き声は、聞いていられない」

「あの台風で、田んぼが全滅したんだ。米がまったく収穫できず、もう食べるものがなくなってしまった家が、この青野の部落にはいっぱいあるんだよ」

「よく僕と遊んでくれた上級生の家では、田んぼを全部売ってしまったんだって」

「可哀想に。これからどうなるんだろうね」

「見ていられないよ」

「喜太郎、友達を家に連れておいで。一緒に食べられるように、何か工夫して食べ物を作ってあげるから」

「お願いだよ、お母さん」

翌日、喜太郎は庭で母の姿を見かけた。

小脇に、風呂敷包みを抱えた母は、そっと喜太郎の脇を通って、門を出て行った。庭で遊んでいると、母は手ぶらで、帰ってきた。

喜太郎は、母が困っている家を訪ねては、何か食べ物を差し入れていることを知った。


明治十八年、暴風が襲った翌年のことである。

人々の間で、こんな噂が広まった。

「おい、人間がアリになったぞ」

「アリになった？」

「大人も子供も、ぞろぞろと、行列を作って愛鷹山に登っているのが見えるだろう」

「まるでアリの行列だな」

当時、愛鷹山には樫の木が多かった。人々はその樫の実を拾おうというのである。また山野に生えている野蒜《のびる》も掘り尽くされた。食べられるものはなんでも競って口にした。

「今度は牛か馬か山羊になったぞ」

「一体、どういうことだ？」

藁餅《わらもち》といって、藁を刻みこれを煮たものに少量の餅米を加え、搗《つ》いて餅のようにしたものもつくられた。これは、とりもなおさずパルプであり、餅のような見かけはしていても、胃腸を荒らすばかりで、栄養になるところはきわめて少なかった。やがてあちこちに餓死者の噂さえ出るようになった。

そこに追い打ちをかけたのが、西南戦争（明治十年）を発端としたインフレとデフレであった。

明治十七年の暴風の頃には、田地の値段も暴落していた。

「もう駄目だ。二進《にっち》も三進《さっち》もいかない」

「諦めるな。本当にもう手はないのか」

「ああ、手の施しようがない」

「明日になったら、何とかなるかもしれない」

「そんな甘いものじゃない」

「とにかく明日まで待ってみよう」

「……明日はもっと辛い日になるかもしれない」

人々の目から、手足から力が抜け去ってゆくのが分かるほどに、人々は意気消沈してしまった。

絶望に陥った人間は、生きるためには手段を選ばず、自己を捨てることも敢《あ》えてした。

「借金は払うな」

「無尽はかけるな」

至るところで、借金は棒引きされ、無尽はかけ倒された。

「暴徒が集まったそうだ」

「暴徒？　どれくらいの人数だ」

「数百人は集まったらしいぞ」

「数百人？　何が目的だ」

「御厨銀行が襲撃されたそうだ」

「何！」

「大場銀行にも押しかけたそうだ」

銀行は扉を閉めて、防戦につとめた。暴徒は外から花火を打ち込んだ。

「おい、喜太郎。分かっただろう。最悪のことを予測しておかねばならないということが。人々の怒りに火がついたら、手のつけようがない」

彌平太は、苦渋に満ちた表情をした。

「青野も同じですか」

「例外はないだろうな。ただ、青野の人々を信じたいよ、私は」

「青野の人々も暴徒になるっていうこと？」

「ああ……。暴風が場所を選ばないように、人間の感情も一度荒れ果てると暴走する」

彌平太は、喜太郎の顔をじっと見つめたまま言った。

「できる限り、手をつくしましょう、お父さん」

「それしかない。やって駄目なら、諦めもつく」

彌平太は、村を代表して、沼津の郡役所へ出かけて行き、地租の減税を懇願した。減免が駄目なら、延期をして欲しいと申し出た。

「国は税金で成り立っているんだ。分かっているだろうね」

「分かっています」

「なら、そんな申し出は聞き入れられない」

「そこを何とかお願いします。さもないと村人が餓死してしまいます」

「政府の収入は、地租で成り立っている。願いを聞いていたら、政府がつぶれ、国が立ち行かなくなってしまう」

「そこを何とか」

「駄目と言ったら、駄目だ」

彌平太は、諦めなかった。お百度を踏むほどに、役所を訪れた。地租が政府の収入源であることは、百も承知の上であった。

「また来たのか？　結果は同じだ」

「仮に、農民が田畑を売り払い、年貢が収められなくなったことを考えてください。その方が政府にとって、深刻だと思います……」

「何を言いたいんだ。そんな脅しには乗らんぞ」

「脅しではありません。青野の実態を見てください。来年、田植えをする種籾《たねもみ》がなくなってしまいます。そうしたら、どうなりますか？」

「……」

「地租が減り、結果として政府が困ることになるでしょう。だから……」

「だから、何だね……」

「お願いします」

彌平太は、頭を地べたに擦りつけるほどにして、係の者に頼み込んだ。

「駄目だ、駄目だ」

「じゃ、また明日来ます。認めてくれるまで、諦めずに通い続けます」

彌平太の熱心さが、上役の耳に入った。


次の日、上役が彌平太の前に姿を現した。

「確かに、岡野さんの言う通りだ。来年の田植えに必要な種籾がなければ、収穫はなく、政府の税収が減ってしまうな。それなら、減免をして、頑張ってもらう方が政府にとっても得策というものだ」

「有り難いお言葉です」

部落の人々は、岡野彌平太の誠実な人柄に、改めて敬意を表することとなった。彌平太の努力もあったが、青野の人々は困窮の最中にも、暴動を起こすこともなく、彌平太を信じ、その行動を見守り続けたのである。

（七）決　心

「喜太郎、何を言い出すのですか、急に！」

「もう、決心しました。決心は変わりません」

「喜太郎、お母さんの話を聞きなさい。早まってはいけません」

喜太郎は、青野の人々が苦しんでいるのに、安穏《あんのん》と勉強に勤しんでいる自分が恥ずかしくなった。

明治十八年。暴風が青野を襲った翌年に、喜太郎は師範学校へ通うことで徴兵逃れをしている自分を許せず、退学の決意をした。困窮のために、青野の人々は苦しみ、明日に希望を持てなくなっているのに、自分は父の苦労も青野の人々の悲しみや苦しみも顧《かえり》みずにいる。

「学校を退学して、家事を手伝うべきである」

「村の窮乏を救済することを優先すべきである」

「村民の多くは岡野家の小作人であるから、村民の窮乏を救うことは、岡野家の危機を克服することである」

喜太郎の脳裏に、様々なことが過《よ》ぎった。喜太郎は月の沈む浮島沼の光景に目をやった。

鳶《とんび》が人影のない田んぼの上を舞っていた。

　母は、身を乗り出して言った。

「待ちなさい、喜太郎。もっとよく考えなさい。必ず後悔します。後悔してからでは遅すぎます」

「もう、僕は決めたんです」

「何を言っているの。あなた一人の人生じゃありませんよ。こんな大切なことを一人で決めてしまうなんて」

「この青野の人々の苦しみを見て、じっとしていられますか。僕にはできません」

「お父さんに任せておきなさい。お父さんが、村の人たちと何とかします」

「僕は、僕なりに頑張りたいのです」

「あなた一人が頑張っても、何もできません」

「でも」

「お母さんの気持ちにもなっておくれ。何も、今、学校をやめなくてもいいじゃありませんか。間もなく卒業できるんでしょう。もう少し待ったらどうなの」

「僕は、お母さん……」

「何なの？」

「お母さんの子です。お母さんの血を引いています」

「……」

「お母さんが青野の人が困っている時、何をしたか、僕は知っています」

「喜太郎！」

「僕は、お母さんのようでありたい。青野の人のお蔭で、今の僕はあります。この時を逃したら……僕は僕ではなくなります」

「喜太郎、何ということを」

母は、そっと目頭を押さえた。喜太郎は、母の苦しみを痛いほど感じ取った。この母があるからこそ、自分は立ち上がらなければならないと、決心した。

「お願いです。分かって下さい、お母さん」

「いいでしょう……。あなたの決心がそれほどに強いのなら、私の方から、お父さんにも話してみるわ。私はあなたを誇りに思いますよ」

「お母さん、有り難うございます」

母は、席を立った。障子の閉まる、その音の響きを、喜太郎はじっと心に刻《きざ》んだ。

喜太郎は、父が自分を許してくれるであろうと信じた。青野の人を思いやる心は、母から学び、父の行動から身についたものであった。

（七）決心

喜太郎の将来を心配し、師範学校への入学を強く勧めたのは、母であった。母の気持ちを有り難いと思いつつ、今の自分がなすべきことは青野の人々と共に、苦しみと悲しみを分かち合うことだと、喜太郎は痛感した。

外の気配に、耳をすませた。飢饉の後の田んぼには、鼠一匹見受けられないほどとなった。人々は、口にできる物なら、何でも口にした。今、この時にも、自殺を考えている人がいる。田んぼを売り払い、明日への希望を失った人がいる。


「キンから話は聞いた。喜太郎、一度決めたら、信念を貫き通すんだぞ」

納屋から鍬《くわ》を持って出かけようとする喜太郎に向かって、父の彌平太は言った。

「やり通してみせます」

「喜太郎、根っこになれるか」

「根っこ?」

「そうだ、根っこだ。根っこになることだ。人は誰も花になりたがる。……花は枝に支えられ、枝は幹に支えられている。目に見えない根っこが社会には必要だ。喜太郎、根っこになって、地域を支えなさい」

「はい。根っこですね」

「花も枝も幹も、根っこと結び付いている。逞《たくま》しい根っこになれ」

「お父さんの教えを守って生きます」

喜太郎は、力強く、返事をしたが、どうすればいいのか全く分からなかった。父の彌平太は、根っこになる方法を教えてはくれなかった。

ただガムシャラに働くだけでは駄目だ。この困窮からどうしたら這い出せるか、もっと知恵を働かさなければと、喜太郎は考えた。

「この飢饉の最中、この貧乏村を立ち直らせるには、世間並みのことをしていては駄目だ」

「もっと働き、もっと節約する必要がある」

「知恵を出せ、知恵を形に変えよ」

「天災は、必ず襲ってくる。それに負けない方策を立てて生き延びることだ」

喜太郎は、太陽の昇る前の薄暗い早朝から、日が沈む夕方の遅くまで信念を持って黙々と働き続けた。

肥桶《こえおけ》には、人糞が入っていた。昔から、日本では人糞を貴重な田畑の肥料として日常的に使用した。しかし、便所から人糞を汲み出し、それを桶に入れ、田畑まで運ぶのは大変な労働であった。

「奥さん、お坊ちゃんが肥桶を担いでいます」

「肥桶を？」

「はい。汚いですから、直ぐに止めさせます」

喜太郎は、肥桶を山の畑に担ぎあげることに懸命であった。馬に四樽ずつをくりつけ、馬方にも二樽かつがせ、徒男《かちおとこ》二人に二樽ずつ、自分も二樽ずつかついで、坂道を登って行った。

「お坊ちゃん、お止め下さい」

家僕が真っ青な表情をして追いかけてきた。

男衆がやると、日に四、五往復のところを、喜太郎がやると六、七往復できた。

「人のやることはなんでもやる、人よりはよくやる、決して人に負けない」

それが喜太郎の信条であった。持って生まれた気性でもあった。子供の時から、道で前の方を歩いている人を追い越すことに興味を持ち、幾人も幾人も追い越すと、それを一つの喜びとした。

明治十八年の秋には、豊作となり、人々は安堵した。

秋祭りには、家族総出で、村の神社にお参りをした。晴れやかな笑顔で、お互いに喜び合った。やっと愁眉《しゅうび》を開いたと言って、神社総代をはじめ、老若男女が心から収穫を祝う姿を見て、岡野家の者も悦《よろこ》んだ。

しかし、豊作となり人々が浮かれていても、喜太郎の胸は、晴れなかった。

「天災はまた必ず襲う」

「忘れた頃にやって来る」

「万一の場合に備えておく必要がある」

喜太郎は、色々と思いを巡らせた。万一の時に備えるには、

「貯蓄をしなければ」

「節約して貯めて、万一に備えるべきだ」

「貯蓄は、一人ではなかなか難しい」

「村全体でやれば、効果的だ」

喜太郎は、貯蓄組合を作ろうと思いついた。

彌平太は、喜太郎の相談を受けると、

「面白い考えだが、よく考えての上だな」

「はい、今度の飢饉から教訓を得ました」

「そうか……」

「簡単ではないことは分かっています。個人では限界がありますが、村全体で取り組むようにすれば、力になります。これから、何が起こるか分かりません。月十銭ずつの掛け金を考えています」

「もっと、具体的に言ってみなさい」

「畳表一枚が十銭です。日雇賃金も男が十銭、女は八銭ぐらいです」

「飢饉の後で、人々にとっては、それでも大金だぞ。集めきれるかな」

「難しいことは分かっています。説得してみたいと思います」

「説得か？　若いお前で信用してもらえるかな。借金は棒引きとなり、無尽はかけるなという時代だ。信用という言葉は地に落ちてしまっている」

「やるしかありません。一家の主人を説得してみます。私と同じくらいの年齢では、お金がありません」

「じゃ、とにかくやってみなさい。何事も経験だ。……疑心暗鬼になり、信用が地に落ち、お互いに不信感を抱いている今こそ、誠実に事に当たることだ」


喜太郎は、懸命に、村民の説得を続けた。

明治十九年六月には、村民の賛成を取り付けることができた。

ある晩、父の彌平太に呼び出された。

「喜太郎。どうだね。貯蓄組合のほうは」

「月十銭の掛金だと、一年経っても、一円二十銭。これでは米半俵しか買えません。これじゃ、いつまで経っても、十分なお金になりません」

「当たり前だ。十銭の金ならと、岡野家と付き合いがあるから、何とか都合をつけて出してくれたんだ。問題はこれからだ。十銭なら、お前を信用して出してくれたが、もっと額を上げないと、儲けが出ないことが分かっただろう」

「はい。お父さんの言う通りです。今度は、五十銭にしてみようと思います」

「五十銭？　大丈夫かな。村民にとって、大金だよ」

「挑戦してみます」

五十銭となると、彌平太が言うように話は違った。かつては、岡野家の若旦那のお願いだということで、耳を貸してくれたが、今度ばかりは、賛成したのは、親類をはじめ、岡野家に関係の深い人たちばかりであった。岡野家の彌平太と喜太郎を加えても、やっと十二人だった。

「喜太郎、いい試練だ、自分でもっと考えてやりなさい」

「積立金の利殖についてですが、これは産業資金を貸付けることを本位として、借手がない場合だけ銀行（当時第三十五国立銀行）に預けることにします」

「それで大丈夫かな」

「担保は田地に限り地価にして二倍以上ということにします。利率は年一割八分を原則としたらどうでしょう」

一割八分というと、今日からみると高利のようであるが、当時は二割が普通で、当座借りなどは月一割であった。
「米一俵（四斗）借りると、出来秋には一俵と一斗（計五斗）返すというのが慣習であることは承知しているな」
「はい」
「なら、一割八分というのは安い方だ」
「それに、組合員は借手になることができない。また保証人になることもできないことにしました」

喜太郎は、父の言葉を思い出すことがよくあった。自分はまだまだ岡野家の信頼があるから、村民も付いいてきてくれる。「信用」という言葉の重みを噛《か》みしめる日々が続いた。金の貸し借りには、信用が第一である。金を預けることができるという場合、「安心」という言葉が、宝であった。

影になり、日向になり、母の力があることを、喜太郎は感じた。青野を守ってきた母の姿は、人々の瞼《まぶた》に映っていた。父の彌平太が誇りとする青野の歴史と文化と自然は、時間と共に、喜太郎の血となり肉となった。

明治二十二年、日本国憲法が発布され、全国が憲法発布にわきかえった。

明治二十三年、第一回帝国議会が開かれた。貴族院と衆議院の二院制となり、日本はアジアで最初の立憲国になった。

喜太郎もまた、時代の変化を肌で感じ、仕事を意欲的にこなしていた。

庭に多くの人影があった。ただならぬ気配であることは、お互いに交わし合う、無表情で深刻な顔つきで察しがついた。

座敷に行くと、父の姿と心配げな親類の姿があった。

「キンが倒れた」

「お母さんが！」

蒲団の上に、母のキンが寝かされていた。

今にも起き上がりそうに、安らかな顔であった。

母は七十三歳で逝った。明治四十二年のことであった。

妻に去られると、男は数年で妻の後を追うという噂を、喜太郎は耳にした。それは噂にすぎないと、喜太郎は一笑に付して過ごした。

しかし、妻の葬儀を終えた頃から、父は元気を失っていった。どこか虚ろな様子で、青野の風景を眺めるようになった。

そして翌々年に、父は妻キンの後を追うように他界した。明治四十四年、八十二歳であった。

母を失い、そしてまた父を失った。喜太郎は、世の無常を痛いほど感じた。

青野を吹き抜ける風が、喜太郎の頰をなでた。

「ここには、父や母がいる。私の心に、両親は生きている」

この青野の風景を胸に抱いて生きていこうと、喜太郎は誓いを新たにした。

（八）　根方銀行の設立

明治二十四年二月、貯蓄組合共同社は満期解散した。

同年三月、貯蓄組合共同社を発展的に改組して、資蓄会が発足した。

明治二十八年三月、資蓄会のやっていることは、銀行類似の業務であるから、銀行に改めるようにとの国からの要請があった。

明治二十八年十月十九日、喜太郎は根方銀行を設立した。店舗は、岡野家の茶部屋（製茶作業をする部屋）の一室を造作して、これに当てた。

根方銀行が発足した当時、日本の銀行は八一七行であった。

根方銀行は、資本金一万円で発足した。日本の銀行の払込資本金は総計で五二一六万余円であるから、一行平均六万円弱であった。したがって、根方銀行はその頃できた銀行で、一番小さかったと思われる。

村人は、喜太郎の顔を見ると、顔を紅潮させながら話しかけた。

「喜太郎さん、遂にやりましたね」

「ああ、やったよ。根方銀行一号店が開店したんだ」

「すごいなあ。喜太郎さんは」

「苦労が実った」

「どんなに小さくても、銀行は銀行です。頭取ですね、これからは」

「どんなに小さくても、頭取は頭取だ」

村人は手をたたいて、喜太郎の栄誉をたたえた。喜太郎は、目をほそめて、村人たちの無邪気な褒め言葉を喜んだ。


事務員といっても杉本恒蔵一人、喜太郎が頭取、兼事務員、兼小使であった。何もかも喜太郎が一人でやらなければならなかった。懸命になって働くことの幸せを、喜太郎は味わった。自分のものであるという幸せは、言葉に言い尽くせなかった。母の言葉である「皆さんのお蔭だよ、すべては」という声は、青野の天地から響いてくるような貴重な教訓となって、喜太郎の胸に染みわたった。

第一期の決算は、
資本金一〇〇〇〇円
預金　一三一〇円

貸金　一〇九一四円
純益　二四九円七七銭八厘

喜太郎は、がむしゃらに働いた。仕事の面白さは、自分で決断し、自分が責任を持ち、誰にも頼らず、やり遂げるというところからきた。


「頭取、戦争が始まりました」

「遂に始まったか！」

「大丈夫でしょうかね、日本は」

「富国強兵、殖産興業の政策が実を結んで、日本は軍事力をつけたようだな」

朝鮮を取り巻く情勢は、外国の侵略と内政の腐敗によって、予断を許さなかった。外には、南下政策を取るロシアがあり、もともと朝鮮は属国であると見る清国と、朝鮮を交易の市場と見る日本との間で利害の対立が深まり、外交上の衝突が引き起こされるようになった。朝鮮国内で、親日派と親清派とが争い、遂に甲午農民戦争が起こった。東学という宗教が広がると、農民は教団と団結して、政府の打倒を目指した。

明治二十七年七月二十五日には、豊島沖で日清両軍が衝突、八月一日に日本は清に宣戦布告し、黄海沖の海戦で、日本は大勝利を収めた。

日本国内は、日清戦争の勝利にわき返った。清国からの賠償金は、莫大な金額であった。日本政府は、その賠償金を資金として軍備増強へ向かった。

日清戦争の大勝利を受けて、日本は好景気となり、どの銀行でも取引希望者が殺到するようになった。根方銀行でも、一万円の小資本では、どうにもならない状況となった。

そこで、明治二十九年四月、三万円の増資を計画した。

「増資が、もっと必要です」

「どうせやるなら、世間並みの銀行を目指すとするか」

「本格的な活動をする時期に来ています」

「じゃ、六万円に増資だ。店舗も増やすことにしよう」

店舗は、駿東郡の中心地がいいということで、沼津に進出することに決めた。

「銀行名はどうしようか」

「沼津には沼津銀行、静岡第三十五国立銀行沼津支店、および御厨《みくりや》銀行の三行があります」

「中でも沼津銀行は土地の資産家や有力者を背景とした金持ち銀行であり、御厨銀行は御厨地方の有力者を有する銀行、静岡第三十五国立銀行は兌換券発行の特権を有するうえに、国庫金の取扱をしているという具合で、とくにその勢力牢固として抜くべからざるものがあります」

喜太郎は、部下から色々と報告を受けた。

「それらに伍して、愛鷹山の麓からぽっと出て来た田舎銀行が、一人前のような顔をしても無駄だな」

何ら地元に有力者はなく資力が乏しく、果たしてどれだけのことがやっていけるか、世間は冷ややかな目で見ていた。

「よし、決めたぞ。後は努力と挑戦だ」

喜太郎は、銀行名を駿東実業銀行と決定した。


その当時、喜太郎の他に、行員は四、五人であった。皆で知恵をしぼって、お客さんに好印象を与える工夫を凝らすことにした。

「店の入口に、暖簾《のれん》を掲げることにしよう」

「色は紺と白で染め抜こう」

「駿東実業銀行と染め、まん中に、亀の甲の六角の中に、『実』を入れることにする。『角』に『実』で『確実』というわけだ。堅実さを売物にする銀行に相応しい」

行員は、服装もそろえて、客の目を奪うようにした。

「和服を着よう。角帯をしよう」

「前垂れも着けよう」

「どうしたんですか、喜太郎さん。そんな怖い顔をして」

「すべては、私の責任だ。銀行経営の経験不足から、こんな大事を招いた。貸付けのことをもっと勉強していたら、こんなことにならずに済んだはずだ。私は父のところへ出かけたよ、怒鳴られるのを覚悟で」

「彌平太さんのところへ？」

「そうだ。父の前に跪《ひざまず》いて、詫びたんだ」

「ええ」

「それから私はこう言った。沼津乾燥会社の破綻は大きいけれど、駿東実業銀行にとっては致命的なものではありません。手当をすれば、きっと何とかなります」

「彌平太さんは何と？」

「手当って、何のことだと、問い糾《ただ》してきた」

喜太郎は、そこまで言うと、大きく息を吸った。

「岡野家伝来の田畑を担保に入れて、他の銀行から融資をしてもらおうと思います」

「何？　家の田畑を担保に、金を借りる？」

「はい！　一時の融資をお願いしようと思います。借りる先は、第三銀行です。金額は三万円です。すでに当たってみました。融資をしてくれそうな感触を得ています」

「ほんとか？」

「お父さん、御願いします。お聞き届け下さい」

怒鳴られると思っていた喜太郎は、恐る恐る顔を上げた。

彌平太は、意外にも、穏やかな表情をして、喜太郎を眺めていた。

「分かった！　それで銀行が助かるのなら、お前の信じるようにやりなさい」

「許してくれるんですか？　岡野家の田畑を担保にすることを」

「田畑はなくても、また買うことができる。だが、失った信用は簡単には戻らない。誠心誠意、今は事に当たりなさい。人様には絶対に迷惑をかけてはならない。これは先祖伝来の家訓だ」

父彌平太の声は、慈愛に満ちていた。

「馬鹿者！」と、一喝されるとばかり、喜太郎は思い込んでいた。

感激の余り、喜太郎は父の前に土下座したまま、涙に暮れた。涙は止め処なくしたたり落ちた。涙の流れるまま、喜太郎は父に感謝した。

「彌平太さんって、凄い人ですね」

村人は、目を丸くして言った。

「立派な父を持った私は、幸せ者だ」

「喜太郎さんのしようとした事が、立派な事だと分かったからですよ、きっと」

「何の知識もない者が、『盲へびに怖じず』の諺通りに無我夢中でやってきた。普通なら、つぶれていただろうな。懸命な両親のお蔭だよ。それに、青野の人々の支えがあったからだ」

「担保に入れた田畑はどうなったんですか」

「田畑を担保に、第三銀行から三万円借りたよ。実際に、第三銀行が貸してくれたのは、大阪市築港公債で、その公債を見返りに日本銀行から現金を借りることになったんだ」

喜太郎の脳裏には、そのために出来た二ヵ所の借金によって、その後、利息を二重に支払わなければならなくなった日々のことが甦《よみがえ》った。その苦労は大変なものであった。まる三ヵ月というもの、喜太郎は銀行に泊まり込むようにして善後処理に没頭する羽目となった。数名の幹部以外に、この事情を知るものはなかった。

銀行の将来を心配する幹部の中には、喜太郎に反対する者があった。

「銀行の信用の低下の恐れがあります」

「君の言うように、信用がなくなるかもしれない」

「今の利益から、長期にわたって、少しずつなしくずしをしたら如何でしょうか。その方が信用に傷がつきません」

「その方法も考えてみた。しかし……」

意見は意見として、喜太郎は幹部に自由に言わせた。誰もが自分を離れて銀行のことを思い、意見を述べあった。

最後の決断は、責任者たる喜太郎の肩にかかった。

喜太郎は断固として姑息なやり方を排除し、明治三十五年下半期は無配として損失を償却して、足らざるところは積立金でこれを埋め、全く後顧の憂いのないようにした。

喜太郎は救われた。苦境を脱し得たのは、寛大な父親のお蔭であり、誠心誠意つき合ってきた青野と駿河の人々の協力があったためであった。

喜太郎は、事業というものは、自分一人で成り立つものではない。人々のお蔭であると、しみじみ感じた。

時代を見る目がないと、混乱する時代に対応できないと、喜太郎は痛感した。常に人によって学び、人によって助けられている自分を自覚した。

明治二十八年に根方銀行を創立して以来、国内外の政治情勢は、風雲急を告げた。

日清戦争に勝利した日本は、南下政策を取るロシアの動向に神経を使わなければならなかった。明治二十八年に清国との間で、下関条約が結ばれ、日本は台湾、澎湖《ほうこ》半島、遼東《りょうとう》半島を領土とした。下関条約に反対して、ロシア、ドイツ、フランスの三国が干渉してきた。いわゆる三国干渉である。日本はロシアとの対立が契機となって、軍備増強への道を歩み始めることとなった。

政治的な緊張をよそに、西洋の影響は、絵画や文学にも及んだ。伝統的な俳句や和歌の形式を脱して、島崎藤村が詩集『若菜集』(一八九七年)を発刊すると、感情を自由に表現し、自我の解放を叫ぶ風潮が出てきた。一九〇〇年には、雑誌『明星』が創刊され、詩歌の革新が広まり、若い歌人が次々と誕生した。

明治三十四年には、官営工場の払い下げがあった。これにより、民間で鉱工業を盛んにする気運が興り、三井、三菱、住友、安田といった財閥が登場する土壌ができあがった。とりわけ、九州福岡に出来た八幡製鉄所は、筑豊炭田に近いことから、日本の鉄鋼生産の中心をなす重工業地帯として位置づけられることとなった。


三国干渉を契機として、韓国や満州へ進出をもくろむロシアに危機感を強めた日本は、明治三十五年、ロシアを警戒するイギリスと同盟を結び、共同してロシアに対峙するという日英同盟協約に調印することとなった。

明治三十七年、ロシアは満州や韓国に対して進出の野心を露わにしたため、日本との対立は回避できない状態になった。幸徳秋水や内村鑑三らは反戦を唱えたが、数度のロシアとの交渉は決裂し、遂に宣戦布告となった。日本は勝利したものの、七万人の死傷者を出し、翌年、アメリカのポーツマスで、アメリカ政府を仲介として、ロシアと講和条約を締結した。

日本は賠償金を放棄する代わりに、樺太の南半分、韓国における支配権、旅順、大連の租借権をロシアから譲り受けた。

韓国の支配権を得た日本は、その強化を狙った。明治四十二年に伊藤博文がハルピンで安重根によって暗殺されると、明治四十三年に韓国を併合し、朝鮮と改めさせ、完全な植民地化を目指した。

法治国家としての体裁が整い、経済力が向上した日本は、関税自主権の回復を狙いとして不平等条約の改正を目指した。明治四十四年、外相の小村寿太郎はアメリカ政府との交渉において、日米通商航海条約の調印にこぎつけ、関税自主権の回復に成功した。貿易が盛んになった日本は、国会を開設し、憲法を制定し、欧米諸国に伍する組織と実力をつけたのであった。

「まず自分の足下をしっかりと固めることだ」と思った喜太郎は、過去に学ぶ心を持ちながら、未来に向かって進もうと心掛けた。

足尾鉱毒事件（明治三十四年）といった悲惨な事件があり、外交の上でもまだ危なげであったが、ようやく近代国家としての体裁を整え、外国との貿易によって経済の活路を見出そうとする気運が高まっていることを知るに及び、自分もまた微力ではあるが、国の繁栄のために力を尽くしたいと願った。

「喜太郎さん、駿河銀行という名前をつけたのは、いつですか」

村人の一人が、常日頃から感じていた疑問を、喜太郎にぶつけてみた。

「大正元年七月十九日だったな、確か」

「日にちまで覚えているんですね」

「忘れもしないさ」

「確か駿東実業銀行から代わったんでしたね」

「名前が、あまりにも田舎じみているから、思い切って、駿河銀行としたんだ。どうだ、いい名前だろう」

「喜太郎さんの発想ですか」

「ああ、そうだ。私が育った土地だからな。日本一の富士山があり、箱根があり、伊豆がある。そして、太平洋を望む駿河湾がある。ここからだと、世界を望むことができる」

「何だか、とても大きな名前ですね」

「名は体を現わすというじゃないか」

「夢があっていいと思います」

「駿河銀行という名前は、ずっと心に温め続けてきたんですか」

喜太郎は、駿河銀行という名前が、改めて我が子のように愛《いと》おしく思えた。

ところが、その後、喜太郎の前に容易ならざる問題が立ちはだかった。

「頭取、大変です！」

「どうした？」

「危ないです、駿豆電気鉄道が」

「何だと！」

「経営再建の目途が立たないまま、今日まで来てしまったようです。何でも経営に暗い政治家がからんでいたとか」

「困ったものだ」

「それに常務二人が会社の金を使い込んで、どうにもならない状態だとも聞きました」

「何！　使い込み」

「はい」

「確か、うちの銀行からも、融資をしているはずだ。詳細を調べて、直ぐに報告をしてくれ」

部下は、あわてて、頭取室を出て行った。

駿豆電気鉄道は、沼津から三島を経て伊豆の大仁に至る電気鉄道で、その沿線に電力と電灯を供給していた。資本金は百万円で、千葉商業銀行の頭取である小山田信蔵が中心となって建設したものであった。

他の役員が、気配を察知して、頭取室に入って来た。

初めて鉄道建設の話を聞いた時のことを、喜太郎は鮮明に覚えていた。

「伊豆に鉄道を走らせるなんて、夢があっていいじゃないか。伊豆はこれから脚光を浴びることは間違いない」

「伊豆は、ロマンの里ですからね」

「歴史や文学の故郷ってわけか」

建設計画の説明会の席上で、立ち話に夢中になっている人の会話を耳にしながら、喜太郎は夢に賭けるのが投資家の心意気であると思い、鉄道建設に強い関心を持った。

「伊豆は、投資家の夢を煽《あお》るに足る絶好の場所だよ」

喜太郎は、父の彌平太が滞在した下田の光景を思い浮かべた。

役員の一人は、再び、頭取を苦しめるような事態になるのではと怖れた。前にも、沼津乾燥会社の破綻を契機として、頭取は大変な苦労をしたのである。

「夢だけじゃ、事業は成り立ちませんな」

「もちろんだ」

「利用者がなければ、会社は破綻してしまいます」

「その通り。風光明媚な伊豆を訪れる客が目当てであれば、儲かるだろうが、それはまだまだ先の話だからな」

「先行投資のつもりで、鉄道を建設したんでしょう」

「そりゃ、地域を興すことも、銀行の勤めだが、経営に携わる者が死にものぐるいで頑張らないと、会社は持たないよ。国家だって同じだろう」

「それにしても、経営能力のない政治家に任せたりしたら、とんでもないことになる。どうして、そんなことが分かっていなかったのでしょうか」

「大体、常務が金を使い込むなんて信じられん。管理体制はどうなっているんだ。そんなじゃ、どんな会社だってつぶれてしまう」

「夢や希望どころの話じゃないですね」

「投資家の期待を裏切るような行為だけは、絶対に慎まないといけない」

「経営者のモラルは、どうなっているんでしょう」

「事業家に、モラルがなくなったら、おしまいだ。投資家ばかりか、地域住民にも迷惑をかける、モラルのない資本家は、事業に参加すべきではない」

私鉄の会社で、初めから上手くいっているものは少なかった。駿豆電気鉄道も例外ではなかった。だからこそ、他に学んで経営に万全を期さなくてはならなかった。

部下が、顔色を変えて戻ってきた。手にした書類に目をやりながら声を上げた。

「頭取がおっしゃるように、うちも数万円の融資をしています。今、詳しい数字を調べさせていますので、後で報告します」

「困ったことになったな、こりゃ。緊急の対応が必要になってくる。くれぐれも調査と資料の分析を怠らないようにしてくれたまえ」

「はい」と言って、部下は引き下がっていった。

重い空気が、頭取室にただよった。


大正二年の暮れであった。

「岩田弁護士がお会いしたいそうです」と、受付の者から連絡が入った。

「岩田弁護士？」

「はい」

「直ぐに、お通ししなさい」

「はい」

「弁護士が私に会いに来た。……何の話だろう」

喜太郎は、悪い予感に襲われた。

弁護士は、椅子を勧められると、難しい顔をして座った。座るなり、世間話をする暇《いとま》もなく、いきなり駿豆電気鉄道の要点に入った。

「東京海上に返す金がとどこおり、先方ではあすにも債権を執行するといって来ています。

なんとか助けていただけないでしょうか」

「返済がとどこおった？」

「はい」

「明日にも、債権を執行すると言うんですね？」

「はい」

「急に助けて欲しいと言われても、こちらとしては直ぐに返事はできません」

「もちろんです。分かっています。しかし、事態は急を要します。……もし、返済の目処が立たなければ」

「うちの銀行だって、大損害です。融資しているのは、うちばかりじゃないでしょう」

「はい、地方の銀行からはことごとく融資を受けています」

「……なら、最悪のことを予測する必要があります」

「店を閉めなければならない銀行が出る恐れがあります」

「一つの銀行が店を閉めると分かれば、噂が噂を呼んで、甚大な影響が出かねません」

「おっしゃる通り、取り付け騒ぎに発展しかねません」

喜太郎の顔も、弁護士の顔も蒼白となった。

弁護士は、顔を上げて、喜太郎を見た。

「実は、今日伺ったのは、そのことなんです」

「そのこと？」

「頭取しか、頼りにできる方がいないんです」

「私が頼り？」

「この地域のことに詳しく、地域の人々の信頼が厚く、地域の実業家のことを最もよく知っている喜太郎さんしか、この苦境を乗り切れる知恵を出せる方はいません」

「とんでもありません。他に、もっといらっしゃるじゃありませんか」

「いや、いません。頭取のような方は」

「今度の件は、尋常な対応では解決できませんよ。うちのようなちっぽけな銀行じゃ対応どころか、知恵もないな、残念だが」

「そこを何とか！」

「何とかと言われてもなあ」

「繰り返しますが、頭取しか、この苦境を乗り越えられる方はいません。頭取には信用があります」

「信用？」

「はい、商売に一番大事な信用です。それに」

「それに？」

「地域を思い、地域の人々を愛《いと》おしむ心があります」

「経営者には、誰だってあるよ。それがなくては商売はやってゆけない」

「はい！」

「地域やお客さんの信用があって、初めて成り立つのが銀行業だ。地域やお客さんがすべてだよ」

「私なりに調べました。銀行家として喜太郎頭取の右に出る方はありません」

「煽《おだ》てても駄目だ」

「頭取！　そんなつもりじゃありませんが」

「あんまり煽てるからさ」

「一刻の猶予もありません。遅れれば遅れるほど、事態は深刻になります。何とか、お願いします」

弁護士は、深々と、頭を下げた。

喜太郎は、弁護士の目を見て、重い口調で語りかけた。

「ところで、地方の人々への影響は、どんなですか？」

「影響は相当なものになると予想されます」

「と言うと？」

「駿豆電気鉄道の株券の大部分を、地方の人が持っているからです」

「やはり、想像した通りか」

「鉄道を東京海上に取られるとなると、その株券の値打ちはゼロになってしまいます」

「ゼロか？　そうなったら……」

「大変な事態が想像されます。この地域にとって」

「取り付け騒ぎが起こるな。それだけじゃない……。もっと酷《むご》い事態が起こるかも知れない」

「一地方で百万円からの株券がゼロになるとなれば、地方経済にとって大問題です」

「何とかしないと、脆弱な銀行が潰《つぶ》れるばかりか、企業も大打撃を受けることになる。そこで働く従業員の家族が路頭に迷ってしまう」

喜太郎は、田畑を担保にして、苦境を乗り切った日々のことを思い出した。

父の彌平太の顔が思い浮かんだ。あの時、父の励ましがあったからこそ、今の自分がある。

「自分がやらなければ誰がやる。誰かがやるだろうなどと待っていたら、取り返しのつかない事態となる」

喜太郎は、じっと腕組みしたまま思案した。

「お前の信じるようにやりなさい」と言った寛大な父の声が、どこからともなく聞こえた。

喜太郎は、困っている人を見たら、黙っていられない性分であった。

喜太郎に、一つの考えが思い浮かんだ。

弁護士に、少しだけ時間を欲しいと告げた。

「よし、駿豆電気鉄道を見てくることにしよう。返事はそれからだ」

「どうされるんですか？」

「銀行家は、自分の目で、確かめないと駄目だ。自分の目と足で、駿豆電気鉄道の現場を確認するから、しばらく待って欲しい」

「時間がありません。融資の猶予期限が迫っています」

「数時間は待てるだろう。早速、出かけることにする」

部下にそう言って、喜太郎は外へ出た。喜太郎は健脚であった。駿豆電気鉄道が、地域住民にとって必要不可欠であることを、自分の目で確かめようと、駿豆電気鉄道の線路沿いに、どんどん歩いた。


三島広小路に出た喜太郎は、三嶋大社に足を延ばした。三嶋大社は、伊豆半島や駿河一帯の信仰の中心で、夏祭りには多くの見物客が押し寄せた。喜太郎もよく出かけた。年末から正月にかけて、参拝者の列は途切れることがなかった。

韮山は、代官所のあった地域で、源頼朝の縁《ゆかり》の地としても、歴史的に有名であった。伊豆長岡は、温泉地としてその名声は、遠く駿河一帯にまで知れ渡っていた。仕事に精を出した市民が、憩う場としてよく利用される温泉地であった。

富士や箱根や、遠くはるかに天城山を仰ぎ見ることが出来る田方平野と、そこを走る駿豆電気鉄道は、将来の伊豆の発展に不可欠であると、喜太郎の目に映った。伊豆は観光地として繁盛する。喜太郎は、強い確信を抱いた。

そもそも、伊豆の将来への素晴らしい夢に酔って、駿豆電気鉄道の構想が持ち上がったはずである。しかし、経営に当たる者が、夢に酔ってしまい、現実を忘れて、無為な日々を過ごしたに違いない。

経営者は、人が酔いしれている時こそ、冷めた目と心で、現実も未来も見つめなくてはならない。経営者の冷徹な心は、冷《つめ》たい心とは違う。

経営者には、戦術が欠かせない。冷徹なまなざしは、他方で地域の人々の心に注がれなければならない。地域を守り、そこに残る歴史や文化や自然に対しても、愛着と深いまなざしを向けることが必要である。

喜太郎は、祖父や父のことを考える時、自分もまたそうでありたいと願った。


本社に帰った喜太郎の心に、勇気と意欲がむらむらとわき起こった。「誰かがそのうちやるだろう」などと考えているから、世の中は進歩しない。経営に謙虚な気持ちで当たる一方で、ここぞという時には、「私がやらなければ、誰がやる」という気持ちを持って、世の中を渡るのが経営者である。

喜太郎は、駿豆電気鉄道の再建に、奔走しようと心に誓った。

「解決の方法は、一任します」

弁護士の言葉が、喜太郎の脳裏をよぎった。

「よし、救済だ。地域のために立ち上がろう」

喜太郎は、窓から天を見つめ、行く雲を追い、気持ちを引き締めた。

喜太郎は、思案した。

「まず、東京海上に、債権の執行を待ってもらうことだ」

大正二年十二月十五日。その日は、北風の吹きすさぶ寒い日であった。

喜太郎は、駿豆電気鉄道の取締役会長の西沢善七（東京商工会議所会頭）、贄川常務、石川取締役（衆議院議員、弁護士）、それに岩田弁護士の四人を伴って、急ぎ上京した。東京海上の社長各務謙吉を訪ねるためであった。


大会社の本社の建物というのは豪華で、社長室も地方の銀行の頭取室とは桁違《けたちが》いであった。

「社長に、是非、面会したく参りました。どうかお取り次ぎを御願いします」

喜太郎は、秘書に向かって、丁寧に挨拶し、面会を求めた。

「社長はただ今、昼寝をしております」

「昼寝！」

「はい」

「それでは、お目覚めになるまで、待たせて頂いてよろしいですか。是非とも、今日、お会いしたいのです」

「はい、分かりました。こちらへどうぞ」

喜太郎らは、待合室で、待たされることとなった。


「お待たせしました。社長がお目覚めになりましたので、どうぞ」

「ありがとう」

喜太郎らは社長室へ通された。

目の前に、ひじ掛け椅子にふんぞり返った社長の姿があった。

各務社長は、待たせたことに対して、弁解も謝罪もなかった。

遠方から来た、初対面の客人に対する態度として、あまりにも失礼であると腹が立ったが、喜太郎は黙っていた。頼み事をするという弱みがあったから、あくまで低姿勢に出た。腹の虫を抑えながら、喜太郎は通り一遍の挨拶をした。

喜太郎は、こちら側の面会人の紹介を済ませると、

「鉄道財団を競売されるとなると、地方経済に大恐慌を来たします。ただ今、金策中ですから二週間だけ、お待ち願えないでしょうか」

喜太郎は、債権の執行延期に対して、正直な気持ちを述べた。

「待つことはできません。契約ですから契約通りに実行します」

各務社長は、にべもなかった。

「もちろん、契約ですから、その通りに実行されるとおっしゃるのであれば致し方ございません。しかし、ことは一地方の死活にかかわる重大問題です。それにあなたの兄さん（各務力氏）も、駿豆鉄道の監査役をしておられることですから、そこのところをなんとか……」

「兄は兄、会社は会社、これは全く別のことです」

各務社長は、喜太郎らを前にして、まるで木で鼻をくくったような態度であった。同行した他の役員も頭を下げたが、無視の態度は崩《くず》さなかった。

岩田弁護士は、唖然としていた。

喜太郎は、じっと我慢をした。短気は損気である。あくまでも誠意を尽くせば通じると、喜太郎は考えていた。

「私は成算なしで申すのではない。二週間待っていただければ、必ず責任をもって債務を果たすと申しているのです」

それでも、各務社長は、馬耳東風の姿勢を変えなかった。

「あなたがおやりになるのは、そりゃ、ご勝手です」

他の者も、次々と頼み込んだが、聞き入れられなかった。

各務社長の冷淡さは、最後の最後まで変わることがなかった。

「仕方ありません。帰ることにします」

喜太郎らは、無念の気持ちを抱きながら立ち上がった。腹の虫がおさまらなかったが、喜太郎は社長室を出た。

失望の溜息《ためいき》が、喜太郎の後に感じられた。

「これで駿豆電気鉄道も終わりだな」

背後にいる者たちの諦めに似た溜息まじりの声を耳にしながら、喜太郎は諦めなかった。

「自分が諦めれば、すべては終わる。これからが、勝負だ。経営者は諦めてはならない」

喜太郎は、浮島沼での辛い経験に比べたら、今の苦労は苦労のうちに入らないと思った。人々の苦しみや悲しみを思えば、諦めることはできない。

「望みを捨てたら負けだ」と、自分を奮い立たせるようにつぶやき、喜太郎は新たな決意をした。

喜太郎の目が、深刻な表情をした村人に注がれた。

「どうしたんだ？　そんな暗い顔して」

「だって、喜太郎さんが、わざわざ、行ったんでしょう、大事な用事で。それなのに昼寝をしているなんて、酷いじゃないか」

「わははははは」

「許されないですよ。そんな態度は」

「そう、許されることじゃない。どんなことがあっても、客が来たら、誠心誠意、おもてなしをしないと駄目だ」

「どうして一言、言わなかったのですか。いつもなら、厳しく言うでしょう」

「言うさ、厳しくな。それが経営者の姿勢だ。だが、あの時は、こちらに、お願い事があった。地域を守らなければいけないという負い目があった。だから、じっと我慢したんだ」

「地域を守るのは負い目なんですか？」

「本当は負い目なんかじゃないさ。君の言う通りだ。しかし、相手は、それが分からない人物なんだ」

「分からない人を相手にするって、困りますね」

「いいか。良いお手本がここにあるってことを学ぶんだな。君が各務社長だったら、どうする」

「どうするって？」

「契約に従って、投資をした。期日までに、返済がなければ、会社は大打撃を喰う。そうなれば、社長の責任が問われる。最悪の場合には、社長と言えども首だ。さあ、社長の身になって、考えてみなさい」

「……」

「難しいだろう。いいか、これからの経営者は、相手の立場に立って、物事を推し量らねばならない」

「契約って言葉は、アメリカやヨーロッパでは、日常的なんでしょう。でも、日本では、まだでしょう」

「その通り、契約はアメリカやヨーロッパで始まり、社会に根づいている。向こうでは、契約を破れば、大変なことになる。すべては法律で守られている。契約は世界に通用するから、日本人も守らなければならない。ところがだ……」

「ところが？」

「日本では信用を大事にするが、ルールとしての契約という概念がまだ根づいていない」

「場合によると思いますが」

「そこだ！　君がこれから考えなければならないことは。確かに、契約は守らなければならない。しかし、私が抱えた問題によって、多くの企業や地域の人々が困るんだよ。だから、相談に出かけたんだ。それを、にべもなく断るなら、社長なんていらない。地域の人々が困ったら、企業家はどうなる。市民あっての企業だ。地域の人々あっての企業だ」

「喜太郎さん」

「負けたら終わり。これは世の常だ。だからこそ、経営者は賢明であらねばならない」

「その通りです」

「仁義ってものがある、日本人には。あの社長には、その仁義がなかった。悲しくなるよな。

あの時何のために、私は東京くんだりまで出かけていったか分からなくなってしまった」

「喜太郎さん！　浮島沼で苦労した話をしてあげればよかったじゃありませんか」

「話しても、あの連中には分からないだろうな」

「分からないですかね」

「私の性格を、みんなも、知っていると思う。困っている人を見たら、助けてあげたいんだ。助け合うからこそ人間だ。感動があるんだ。それがないってことは……」

「凄い話ですね！」

「これからの経営者は、自分の目と耳を通して、自分の考えを身につける必要がある」

喜太郎はじっと村人を見つめた。喜太郎の目は澄んでいた。

新芽を出し始めた草木と、色づいた枯れ葉を指しながら喜太郎は続けた。

「草木は、土の殻を破って芽を出す。暗い日々があり、土の重さに耐えて、大きくなるんだ。そして成長し、いつかは色づき、枯れ葉となって大地に積もる。それが、次の世代のための肥やしとなって、天に伸びてゆく」

木漏れ日が、大地から芽吹いたばかりの草木を照らしていた。喜太郎は、しばらく見とれた。

喜太郎は、陣頭指揮を執ることにし、次々に指示を出した。

「債権者銀行八行を集めて損失の額を明らかにすること」

「半分は重役、あとの半分は株主が持つこと」

「東京海上の債権は、債権者銀行の方で按分比例でさらに融資して立替え払いをすること」

喜太郎は整理案を示したが、議論百出でなかなかまとまらなかった。

「頭取。やはり、頭取に出て頂く必要があります。自分の立場を主張する者ばかりで、意見がまとまりません」

「損失が多大だから、気持ちは分かるが。生き残れるかどうかの瀬戸際にあるんだぞ。分かっているのかな」

「それが分かっているから、大変なのです。それぞれが何とかして、自分だけは生き残りたい、損失を減らしたいと考えているんです」

喜太郎は、事態の深刻さを受けて、説得に回った。繰り返し繰り返し説いて、この重大な危機を脱する方法を説明した。

「やっと、大方の銀行や企業が納得してくれた」

「残るのは、産業銀行だけですね」

産業銀行だけが、議論をまとめ切れないでいた。

「時間がありません」

「時間切れとなると、どういう事になるか分かっているな」

「はい。もちろん」

「明日、駿豆電気鉄道の株主総会が召集される手はずだそうだ」

「そうなれば、事は重大です。一刻の猶予もありません。何としても、産業銀行をまとめ上げる必要があります」

「さもないと、すべての努力が水泡に帰する」

「はい」

「よし、私が乗り込んでいこう」

喜太郎は、未明に、産業銀行へ乗り込んでいった。

重役会議は、ランプをつけて、延々と続いていた。議論は一向にまとまる気配がなかった。

喜太郎は、遂に、堪忍袋の緒が切れてしまった。

「皆さんは、責任をお取りになる覚悟はあるんでしょうな」

「責任？　覚悟？」と、一人の重役が血相を変えて言った。

「債権者の皆さんが承知されたのに、産業銀行さんだけが承知されぬために、この整理案は全部ダメになるのです。それがどういうことかお分かりですかな」

「……」

「銀行は、自分のことを超えて、地域の人や債権者を守らねばならないのです」

「そんなことは、言われなくても分かっている」という表情をしている重役の顔を読みとっ

た喜太郎は、

「銀行の本質が問われているのです。経営者の真価が試されているのですぞ」

「……」

「皆さんは、分かっているはずです。このままだと、鉄道は東京海上に取られてしまいます。その結果がどうなるか。多数の株主の損失、債権者への迷惑、そのすべての責任は産業銀行さんにあることになりますぞ。それでもいいのですね」

「うーん……」

「すべての責任を、産業銀行さんがあえて取られるならば、私はこれから株主総会に出て産業銀行一行のためすべてがダメになって、静岡県の財界に恐慌が起こることを報告します」

そう言って、喜太郎は席をけって廊下に出た。

「まあ、そう怒らないで、もう一度、席に戻って下さい」

重役たちが、血相を変えて、喜太郎の引き留めにかかった。

喜太郎は、強硬に突っぱねた。

「駄目だ。あなたがたのようなわからず屋を相手にする時間がもったいない。こっちは生きるか死ぬか瀬戸際にあるんだ。あなたがたには、それが分かっていない」

「何とか御願いします。席に戻って下さい」

「整理案を承諾するというのでしたら戻りますが、でなかったら、もうその必要はありません」

「分かりました……。ですから、戻って下さい」

喜太郎は、なおも突っぱねた。

「それでは致し方ありません。賛成することにします」

産業銀行の重役会は、喜太郎の主張に折れてきた。

喜太郎は、ほっとして、産業銀行を出た。

駿豆電気鉄道の総会に出席した喜太郎は、満場一致で整理案が承認されるのを目にした。

整理案が承認されるや、喜太郎は、

「さあ、東京海上の各務社長に打電しなさい」

「はい、分かりました」

部下が、廊下を走って、整理案が総会で承認された旨を打電した。


明治から大正に移って、喜太郎は時代の空気の変化を読みとった。

大正に移っても、富国強兵、殖産興業の風潮は変わらなかった。第一次大戦（一九一四年）がヨーロッパで起こると、その隙をついて、日本は大陸へ進出した。好景気に沸いたのも、この時期であった。

地方でも憲法が発布されたが、依然として薩長による藩閥政治が行われ、それへの反発として護憲運動が起こった。吉野作造が民主主義を説いて大衆の人気を集めた。立憲政治を守ろうとして、犬養毅が国民党を、尾崎行雄が政友会を立ち上げた。自由と民主主義を求める大衆の支持を集めて、原敬内閣が誕生し、政党政治の幕開けを告げた。国際連盟（一九二〇年）が発足して、日本は常任理事国になった。

喜太郎は、大正という時代の空気を吸いながら、実務家として果敢に経営に取り組んだ。

喜太郎は、青野を愛し、事務所を構えた沼津に愛着を持った。

沼津には、御用邸があった。明治二十六年（一八九三年）、大正天皇の静養のため、千本松原に造営され、明治四十四年に廃止されるまで、避寒の場所として皇族の方々に愛された。

喜太郎の耳に、天皇がお越しになり、静養をなさっているという噂が届いた。喜太郎にとって、御用邸が皇族の方々から愛されていることは、ある種の誇りと、地域の安全に対する責任を感じる機会となった。

喜太郎は、よく御成橋を通った。御成橋は、沼津の狩野川に架かる橋で、天皇や皇族が御用邸に行く際に「御成りになる」ということからついた名称である。

御成橋からの眺めを、喜太郎は好きであった。

橋の上に立ちながら、狩野川を眺めた。遥か彼方の伊豆の山々、近くには御用邸のある松林が喜太郎の目に映った。

（十）　苦難を越えて

ある日、前々から、一度聞いておきたかった質問を、村人の一人が喜太郎に浴びせた。

「喜太郎さん、もしよろしかったら、お話しいただけますか？」

「どうしたんだ、そんな険しい表情で！」

「関東大震災の時に、奥さんと娘さんを亡くしたんでしょう。その時の話ですが」

「……何を知りたいんだ」

「葬儀もそこそこに、銀行の建て直しに夢中だったと聞いていましたから」

「私が酷く冷たい人間に映ったんだろう。違うかね」

「……」

「家族を失った者にしか、私の悲しみは分からんだろうな」

「ご無理なら、いいんです。無理をなさらないで下さい」

「家族を失ったら、その悲しみ、苦しみはこの大地よりも深く、この天よりも大きい。だがな、銀行を経営していて、多くのお客さんも被災して、家族を失ったり、家を失ったりしているのを見たら、君ならどうする？」

「……」

「銀行の頭取をしていたんだ、あの時、私は。銀行を経営するってことは、非常事態に対して責任があるってことだ。家族のことは、もちろん、大事だ。しかし地域の人々も、私以上に困って苦しんでいる。どうしたらいい！」

「分かりません、私には……」

「妻のこと、娘のことは、永遠にこの私の胸に生きている。忘れることは、一度たりともない。今も生き続けているよ」

喜太郎の顔には、朝日に輝く富士の白雪のように澄んだ気配があった。


大正十二年九月一日（一九二三年）、午前十一時五十八分、大震災が関東一円を襲った。真鶴行き下り列車は、根府川駅に停車中、大地震（マグニチュード七・九）によって発生した地滑りに遭遇し、ホームごと約四十五メートル下の海中に転落した。客車八両のうち最後部の一両を残し、列車もろとも海中に沈むという大惨事となった。百十二名が死亡し、十三名が負傷するという、関東大震災の際に発生した最大の列車事故であった。

「この震災で、私は妻の臺《だい》と三女の博《ひろ》を失った。二人は列車で、沼津から国府津を経由して湯河原の天野屋に保養に行く途中だった。地震で列車もろとも海中へ沈んでしまったんだ」

「助からなかったんですね」

「ああ、駄目だった、二人とも」

「直ぐに助けに行ったんですか？」

「通信が途絶えて、連絡は全く取れなかった。どうにも身動きが取れなかったんだ。生きているると信じていた。絶対に無事だと。心配でたまらないから、文弥（三男）に家僕をつけて、身の安全を確かめるために湯河原に行かせた」

「それで……」

「生きていると信じていた。だから、手持ちのお金に困っているだろうと思って、持たせてやったりもした」

「……？」

「届いた報告は、電車もろとも海へ沈んだということだった。地獄絵図さながらの光景で、見るに忍びないという話ばかりだった」

「見つからなかったんですね？」

「海中に沈んだ遺体は、八方手を尽くしても、簡単には見つからないんだ。波にさらわれて、なす術なく、人々は高みの見物をするばかりで、どうにもならなかったようだ」

「……」

「根府川に住む人々も、大半が被害にあって、二百名くらいの人が死んだそうだ。自分たちのことで精一杯で、転落した列車のことまで手も気も回らなかったんだろうな」

「酷い話ですね！」

「万に一つの奇跡を信じていても、奇跡は起こりそうになかった。それで、私は決心したんだ。この不幸をじっと耐えていても仕方ない。今は、多くの人が苦しんでいる。私は銀行の頭取だ。その人たちを助けなければならない」

「仕方がなかったんですね」

「余震が七百回以上も襲う大震災だ。じっと見守るだけで、時間がどんどん過ぎてしまうような状態だった」

「だから？」

「猛然と責任感がわき上がってきたんだ。銀行家として、使命を果たすことこそ、死んだ妻や娘の供養になるとな。むごい言い方だが、世間が蒙《こうむ》った被害に比べたら、家の不幸はわずかなものだ。私はそう考えた」

「行動したんですね。喜太郎さんは」

「ああ、気持ちを奮い起こしたんだ」

喜太郎は、九月三日の月曜日、足に自信のある若い行員を集めた。そして三班の支店被害調査隊を組織して、支店出張所に被害状況を調べさせ、その所要資金の見込額を聞いて、本店に至急報告するように命じた。

震災で被害を受けた神奈川県下の店舗は、消失六カ店、倒壊三カ店であった。

喜太郎が頭取室にいる時、訃報が伝えられた。

「奥さんの遺体と、娘さんの遺体が確認されました」

「藁と博の？」

「はい」

「奥さんは根府川付近で、娘さんは真鶴で、発見されました」

「別々の場所で、発見されたのか？」

喜太郎は、言葉を失ったまま、天井を仰いだ。

「あの時、二人を先に行かせたのは、この私だ。私も一緒に出掛けていればよかった。二人に苦しい思いをさせずに済んだかもしれない。私が二人をじっと抱いてあげれば、いかなる波にも抗して、離れ離れにならずに済んだはずだ」

喜太郎は、涙の流れるにまかせて、二人との懐かしい日々に、思いを馳せた。

二人の棺《ひつぎ》を乗せた車が、九月九日の黄昏時に、岡野家に戻ってきた。

喜太郎は、遺骸を抱くようにして、永遠の別れを告げた。

翌日、告別式を行い、火葬に付した。

九月二十三日、二人は妙泉寺に埋葬された。

「生きていると、想像もつかないことが起こる。万物は人知を超えている。……万全を期すことだ。万に一つ襲うかも知れない災難に、しっかり備えをしておくことだ」

「難しいですね」

「何が起こるか分からない。このことだけは言える。だからこそ、今を一所懸命に生きることだ。何が起こってもいいように、とにかく、心構えが大事だ」

喜太郎が言ったことは、妻と娘のことを想いながら、頭取としての責務に応えることであった。

大至急、喜太郎は資金の調達をしなければならなかった。喜太郎の頭に浮かんだのは、東京の古河銀行に置いてある支払い準備の預金を引き下ろすことであった。

幸いに、茨城県に出張していた部下が、困難な状況の中、東京の様子を調べて、帰ってきた。東京の大部分は灰燼に帰したが、幸い、日本銀行と古河銀行は焼け残っているという報告であった。

東京の市中銀行は本店銀行一八三行中一三一行が焼失、支店三一〇店中二二〇店が焼失し、全部の銀行が休業を続けているというものであった。

政府は、九月七日、災害の最もひどかったと思われる東京、静岡、神奈川、埼玉、千葉の一府四県に、支払猶予令を布《し》いて金融界の混乱を未然に防ぐ措置を取った。ところが、静岡県の被害で酷いのは伊豆の一部だった。県の大部分、駿河、遠江の方はたいした被害がなかった。そんなところまで支払猶予令を布くことは、かえって財界の混乱を招くことになるので、静岡県は間もなく猶予令を解いた。

「駿河銀行は、猶予令の解除で助かったんですね」

「いや、逆だ。困ってしまったのだよ」

「ええ、何故ですか？」

「駿河銀行の最も大きい預金先である古河銀行からは支払猶予令によって、お金を引き出すことが出来ない。ところが、猶予令を解かれた静岡県は、無制限に支払いをしなければならない状態に置かれたからだ」

「ああ。そうか」

「分かっただろう。……だが、面白いことに、困った時ほど、人間は知恵を働かせるものなんだ」

　喜太郎は、にこにこしながら、村人の顔を見た。

「前を向いて進めば、必ず道が開ける。後を振り返っても何も生まれない。私には、過去の経験がない。自分で、チャンスを摑むしかない」

「困難に出会う度に、喜太郎さんは強くなるみたいですね」

　背筋を伸ばすようにして、喜太郎は立ち上がった。

村人が喜太郎の後について、部屋を出ると、外に人の気配がした。喜太郎を慕って訪れた客人であった。村人は、失礼して、その場を外した。

喜太郎は、庭先に入ってきた客人に声を掛けた。きっと、経営について話を聞きにきたのであろう。このように、多くの人たちが喜太郎の話に耳をかたむけに来るのだった。

「どうした？　最近、遊びに来なくなったな」

「仕事が忙しくなって、時間が取れなくなったんです」

「そうか。そんなに忙しいのか」

「喜太郎さん。やっぱり、経営の勉強をすると喜太郎さんの話が面白いってことが分かってきました」

「ほんとか？　そりゃよかった。嬉しいな」

「経営が分かると、色々のことが面白くなります」

「君は成長したね。今後は、もっと広く視野を広げることだ」

「視野を」

「そうだ。これからは世界が相手になるからな」

「喜太郎さんみたいに、色々なことを体験して、世界に目を向けるようにします」

仕事で、東京に出かける時、喜太郎を乗せた汽車は根府川駅を通った。

東京への行き帰り、喜太郎は根府川で、妻と娘の冥福を祈って、手を合わせることがあった。

根府川駅や真鶴駅付近に電車が通りかかると、切り立った山肌を背景にして、汽車は走った。晴れた日には、太平洋が見渡せた。喜太郎は、根府川や真鶴付近から見渡せる光景に出会う度に、胸が熱くなるのを覚えた。

「ここに、妻と娘がいる」

白雲が碧い海原に浮かんでいる。松林の碧さが目に染みる。四季折々に、たわわに実った蜜柑《みかん》が、時に青く、時に橙色に染まり、心を潤してくれる。

「地鳴りを聞いた妻と娘は、さぞ驚いたことだろう」

「大地を割って滑り落ちた土砂が、列車を襲った時、二人はどうしたんだろう」

地滑りを起こした光景は、阿鼻叫喚にあふれ、地獄絵図さながらだったはずであった。

「私が付いていたら、付いていさえすれば……」

「妻よ、娘よ。お前たちは私の心に生きている」

「もう離れ離れになることはない。絶対に」

白波が見えた時、喜太郎は、妻の笑みと思った。

白鳥が見えた時、喜太郎は、娘の姿と思った。

海はどこまでも青かった。

空はどこまでも碧かった。

彼方に房総半島が見えると、喜太郎はじっと海の彼方で遊び戯れる母娘の姿を思い描いた。

関東大震災の渦中に巻き込まれた喜太郎は、危機こそ自分を逞しくさせると思った。前に進むしかない。自分で決断し、解決して行くしかない。そう考えた喜太郎は、取締役を東京に派遣した。何としても、融資を取り付けなければならない。

「非常事態で、日本銀行が融資を決定したそうです」

「そうか。じゃ、直ぐに日銀に行ってくれないか。日銀に事情を訴え、融資を相談してきて欲しいんだ。もちろん、担保の提供をするという前提で」

「分かりました」

取締役は、直ぐに、東京へ出かけた。帰るなり、部下の口から、

「日銀本店では、支払猶予令で融資をすることができない。名古屋支店へ行って相談して欲しいと言われました」

「じゃ、直ぐに名古屋支店へ行ってくれ」と、喜太郎は次の指示を下した。

取締役は、名古屋支店へ急行し、掛け合った。条件を整えた上の相談だったので、名古屋支店を納得させることができた。

「そうか、うまくいったか。ご苦労さん」と、喜太郎は声を上げて喜んだ。

「どうしますか、現金は」

「駄馬にくくりつけてでも、運んできてくれ。緊急に必要な金だ」

取締役は、一五〇万円を駄馬にくくりつけ、神奈川県の平塚支店まで送り届けた。

「よし、ここを拠点にして、県下一帯の支店、出張所に至急分けて対応してくれ」

喜太郎の指示は、矢継ぎ早であった。

「次は、貼り紙だ」

「貼り紙ですか？」

『預金のお支払いをします。ただし当分一人一〇〇円まで。駿河銀行平塚支店』と書かれた張り紙が町中の各所に張り出されたのを見て、預金者がぞくぞくと詰めかけてきた。

「頭取、そんなことをして大丈夫ですか？」

「大丈夫だ、心配するな。人間というのは、支払わぬと言えば、何が何でも支払えと言って押しかけてくる。札束を山ほど積んでどんどん支払えば、安心して引き出す気持ちが萎《な》えてしまう。人間の心理を摑まないと、商売はできない」

「分かりました」

「現金を持っていると物騒だと分かると、今度は預けに来るってわけだ。お蔭で、午後には預かり越しになってしまった」

「決心が功を奏しましたね、頭取」

こうなれば、支払制限の必要がないので、喜太郎は次の手を打った。

『支払猶予令にかかわらず、希望者には全額お支払いします』

この張り紙を、大きくして、支店の各所にぺたぺたと貼り付けた。すると、預金はますます増加した。


「頭取、苦情が寄せられてきました」

「苦情？」

「はい。駿河銀行だけが無制限に預金の支払いをするのは困ると言うのです」

「困る？」

神奈川県下には、震災後も開業してはいたが、支払猶予令を盾に、預金の支払いを全くしない銀行があった。

「支払猶予令があるから、うちの銀行のように、預金の無制限支払いをするのは制限すべきじゃないかと」

「そんな苦情は無視しなさい。今は平時じゃない。非常事態なのだよ。お客様から預かった貴重なお金を、緊急に必要なお客様のために支払いをして何が悪いと言うのだ」

非常時だからこそ、命を賭けて、営業をするのが銀行家の責務であり、使命だと、喜太郎は信じて疑わなかった。

「君はどう思うかね。もし支払いがなかったら、どうして復興に必要なお金を工面するんだね。この際、必要なのは復興の資金だよ」

「その通りです」

「なら、もっと自信を持って、使命を全うすべきだな、我々は」

駿河銀行は、預金の無制限支払を声明したばかりでなく、崩壊断絶した箱根道路の補修に必要な多額の経費を緊急融資して、道路の開通にこぎつけた。

店舗の再建や、商品の仕入れ、旅館の補修や建築等を計画する人々には、積極的に融資をする方針を明らかにし、貸付けを行った。


「喜太郎さん。どうして、そんなことが可能だったんですか。他の銀行は、何もかも焼けてしまって、てんやわんやの大騒ぎだったんでしょう」

「実は、備えあれば憂いなしの諺通りに、私は普段から万一を考えて、備えをしていたんだ。それが幸いしたのだよ」

実際、震災は十二時近くのお昼に発生した。多くの行員は帳簿を机上に広げたまま、中には金庫の扉を閉めないまま外へ飛び出した。しっかり閉ざした金庫でも、強烈な火熱によって中身が焼けてしまったものも少なくなかった。

焼失した店舗の帳簿や証書類は焼けてしまった。預金手形、貸金、為替等の行方も分からなくなってしまった。

「支店や出張所の、その日の取引は全て日報として本社に報告を義務づけていたんだ。もちろん、手形や貸付証書、その他の重要書類は全部その副本を作って毎日本店に送らせていたんだ」

「さすがですね。頭取は」

「これは教わったんじゃない。自分で考え出したんだ。過去の色々な経験から、どうしたらいいか、知恵を絞っていたんだ。自分のことは自分で責任を持つしかない。いざ、という時、誰も助けてくれない。頼れるのは、自分だけだ」

「私には、できないなあ。そんな難しいことは」

「工夫だよ、工夫」

「工夫？」

「支店や出張所が、例え帳簿や証書等を失っても、本店に送ってある日報や副本があれば、調べがつくだろう。君にも分かるだろう。それくらいのことは」

「はあ」

「手形や貸付証書は副本があるから、それによって支障なく債権の確認が可能となったんだ。お客に、何の迷惑もかけずに済んだよ」

「震災当日のものは、どうしたんですか？」

「朝から正午までの副本はまだ作っていなかったが、午前中の取引は数が少なかったから、その程度であれば、行員はお客様の見当がつくはずだ。誠心誠意、説明して、理解して貰ったのだよ。大震災という非常事態だったから、お客様も同情してくれて、有り難かった」

その後、駿河銀行の経営方針は高く評価され、同業者から視察に来るほどとなった。喜太郎にとって、それは自慢するようなことではなかった。それぞれに生きる道がある。所変われば品変わる。人も組織も変わる。喜太郎は、一〇〇年に一回かも知れない天災を畏れ、その時に大切なお客様の期待を裏切るようなことがあってはならないと、腹の底から思い、その備えをしたのであった。

普段から、銀行家としての使命を自覚し、その実践をしたのであると、喜太郎は謙虚に受け止めていた。

「おい、富士山が見えるぞ。素晴らしい富士の絵姿が」

「綺麗ですね」

「自然は人間の気持ちを癒してくれる。ところが、他方で、人間を滅ぼしもする。このことを忘れるなよ。しっぺ返しを受けてから慌てても遅い。用心するにこしたことはない。心構えだけは忘れるなよ」

喜太郎は、教師のような表情をした。

「心構えですか？」と、村人はつぶやいた。

「そうだ。しかし、心構えだけじゃ、十分じゃない。時代の動きを見据えて、新しいことをやらないと」

「難しいですね、そんなこと。私には」

「心配するな。実社会にもまれれば、嫌でも未来を先取りしようと、頑張るようになる」

「私でも……」

「ああ、大丈夫だ！」


喜太郎は、営業部長を部屋に呼んだ。

「為替業務のことだが、今のままだと複雑で、無駄が多すぎると思う。どうしたらいいか考えてみるべきだな」

銀行業務の中で、とりわけ重要なものの一つが為替業務であった。

「頭取のおっしゃる通りです。資金効率上、実に無駄が多いです」

「為替取引のある各地の銀行の本支店に為替資金が分散されているからだ。そこを何とか出来ないかな」

「はい」

「効率化すると、うちは必ず助かるはずだ」

郵便などが遅れた場合、顧客から送金小切手の提示を受けても、資金が未到着のため支払いができず、客に大変不便を与えることがしばしばあった。

「そこに費やす利息計算の手間や大きな利息額を考えると、改善が必要です。他も助かるはずです」

「色々な銀行に眠っている金額は、相当なものに昇るはずだ。銀行経営上からも、一刻も早く改善すべきだな」

「同感です」

喜太郎は、早くから、為替業務の在り方について、その改善策を念頭に置いていたのであった。

昭和十五、十六年になると、徴兵や徴用で、国に人手を取られた。行員が取られれば、人手不足となって銀行は困り果てた。

「もはや一時の猶予もない。為替業務をなんとかしなければならないな」

「うちの銀行だけではありません。相手のあることですから」

あれこれ思案していた喜太郎は、一つの方法を思いついた。機会のあるたび、全国地方銀行協会会長の足利銀行副頭取鈴木良作や滋賀銀行頭取広野や田部井理事に相談を持ちかけ、話を実現すべく奔走したのであった。

「不可能なことじゃないな」との声が一人の頭取から上がった。

その言葉を耳にした喜太郎は、自分の構想を打ち出した。

「お互いに銀行が資金を出し合って、東京に為替決済所を作り、一カ所で全銀行の為替決済ができるようにしたら如何でしょうか」

「それはいい、その案に、私は大賛成だ。そうなれば、実に便利だ」

「この上なく効率的で、銀行は助かる」

話を持ちかけた、どの頭取も大賛成であった。


色々な知恵が寄せられた。喜太郎は、それらの知恵をさらに集約し、頭取たちに相談を持ちかけた。

「興銀で決済銀行になってもらったらどうだろうか」

「地方銀行は、興銀の株券や債券をたくさん所有している。興銀がいいかもしれない」

「櫂《かい》から始めよっていう諺がある。やってみたらどうだ」

「地方銀行からだけでもいいから、始めてみようじゃないか」

そのうち、喜太郎の耳に、びっくりするような知らせが届いた。

「日本銀行がやってくれるそうだ」

「ええ、日本銀行が動いたか……」

「願ったり適《かな》ったりの話です」

こうして為替集中決済制度が生まれた。

「やあ、助かった……」

「人手も資金も紙も節約できた」

全国の銀行はどこも経費を節約できた。喜びの声が喜太郎の耳に届いた。

戦時中で、徴兵・徴用で人手不足に陥った駿河銀行が大助かりとなったことは言うまでもなかった。

（十一）　嵐の中で

昭和に入ると、再び、社会情勢は風雲急を告げるようになった。

政党政治が育つかに見えたが、軍国主義の台頭が目立ちはじめた。

昭和二年、金融恐慌が起こった。銀行や企業の倒産が増え、人々は不景気の風に吹きまくられた。政府は、社会を包む暗雲を取り払い、不景気に苦しむ人々の感情を和らげるために、中国進出を企てた。

昭和四年（一九二九年）、ニューヨークの株の暴落を切っ掛けに、世界恐慌が起こった。不景気は世界に広がった。日本も例外ではなかった。失業者があふれ、社会不安が拡大した。

昭和六年満州事変が起こった。満州に駐留した関東軍は、満州鉄道の爆破を中国人の仕業として出動し、満州を占拠し、満州国を独立国とした。

満州事変に続いて、翌年には、日米両軍が上海で衝突した。上海事変である。こうした軍部の動きを警戒した欧米各国の目は、日本に注がれることとなった。

昭和七年、五・一五事件が起こった。政治の在り方に不満を持つ海軍の青年将校らが首相官邸に押しかけ、犬養毅首相を射殺した。農民の貧しさや、国防に対する不安は、若い青年将校に決起をうながし、首相暗殺の他に、日本銀行や警視庁、政友会本部を襲撃した。クーデターの目的こそ達成されなかったが、軍部がこの機会を利用して、政治に口出しするようになった。

昭和八年、国際連盟は、満州事変の真相を調査するためにイギリス人リットン卿を中心とした調査団を満州に派遣し、その結果を国際連盟の総会で取り挙げることになった。総会では、圧倒的な多数をもって、満州国を認めないという結論となった。日本首席全権松岡洋右は総会を退場し、日本は国際連盟を脱退することとなった。

昭和十一年、二・二六事件が起こった。このクーデターは陸軍の青年将校らによって、昭和維新を断行しようとするものであった。ここにおいても、内大臣斉藤実《まこと》、蔵相高橋是清らが暗殺された。しかし、このクーデターもまた鎮圧された。

国内においては、民主主義や自由主義などの思想弾圧が強まった。出版や言論が統制され、大学での講義や教科書への検閲が強まった。

戦争拡大へ突き進む土壌が出来上がってしまった。

昭和十二年、日本軍が中国大陸への侵略を開始すると、中国共産党と国民党は徹底抗戦の構えを取り、日中全面戦争へ突入していった。

昭和十三年、戦争が拡大し、国家総動員法が制定された。政府が国民に対し、物的にも精神的にも苦難を強制し、文字通りに国家を挙げて戦争の体制に入ることを意味した。

戦火はどんどん拡大し、国民生活は窮乏を強いられるようになった。

昭和十五年、ヨーロッパでは、ドイツ軍がポーランドに侵攻し、第二次世界大戦が始まった。日本はドイツとイタリアとの間で、三国同盟を締結し、その結果、アメリカとの関係が悪化した。

昭和十六年、日独伊三国同盟を契機に、アメリカは日本への経済的な封じ込め政策を取るようになった。石油や石炭や鉄などの軍事物資を必要とする日本は、戦線を拡大する中で、アメリカとの対立を深め、昭和十六年十二月八日、(アメリカ時間では七日)、日本軍はアメリカの太平洋艦隊が停泊する真珠湾を奇襲攻撃して太平洋戦争へと突入した。


喜太郎は、澄み渡った駿河の空に、目をやった。

箱根と伊豆の山並みにかかる白雲が子供時代を思い起こさせた。母の顔が浮かんだ。母の優しい顔に重なるように、父の姿が現れた。優しさと厳しさが、野草のように香った。

鳥と鳶が目に入った。鳥が鳶を追いかけ、鳶は夢中になって逃げまくっていた。急降下し、右へ左へ逃げる鳶の姿は、戦場で戦う兵士の姿と重なった。喜太郎は、緊張した面持ちで、鳥と鳶を眺めた。戦場で、兵士が危機から脱して、無事平穏な生活に戻れるように、喜太郎は祈った。

昭和十七年、ミッドウェーの海戦で、アメリカに敗れると、以後、日本は敗退を続けることとなった。

東京や日本各地で、アメリカ軍による大空襲が始まり、東京は焦土となった。

昭和二十年、広島と長崎に、原子爆弾が投下された。日本は連合国に対して、ポツダム宣言を受諾し、無条件降伏した。

連合軍が日本に駐留し、占領政策が実施された。財閥は解体され、軍国主義は一掃され、民主化政策が矢継ぎ早に推し進められた。

昭和二十一年、天皇が人間宣言を行い、明治憲法に代わって日本国憲法が公布された。

昭和二十二年、教育基本法、学校教育法が公布された。


沼津も戦争の煽りを受けた。爆撃を受け、町が火の海になった。

アメリカは日本のことを調べ上げ、何がどこにあるかを知り尽くしているかのようであった。沼津には、元々、軍事関連の施設があった。すべては極秘であったが、戸田港には魚雷の実験をするための場所があることを、喜太郎はかすかな情報から耳にしていた。

喜太郎は、青野から、沼津の市街を眺め、爆弾が落ちる光景を眺めた。

物資は乏しく、空襲で飛来する飛行機を、ただ呆然と眺めるしかなかった。

臨戦態勢下で、自分の身に降りかかる事態に対して、喜太郎は国の将来に不安を抱きはしたが、銀行の頭取として国に協力を惜しまなかった。

頭取として、昭和史を見守ってきた喜太郎には、深い感慨があった。忘れようとしても、その思い出は鮮烈であった。


昭和十七年五月、金融事業整備令が公布された。

「何！　三井銀行と第一銀行が合併した？」

「はい、帝国銀行になりました」

部下からの報告と、新聞紙上に掲載された一大ニュースから知った喜太郎は、時代の変化が自分の身にもひしひしと迫りくるのを実感した。

「これを手始めに、政府は何か手をどんどん打ってくるはずだ」

喜太郎は、戦争という非常事態における政府の方針が読み切れないでいた。しかし、戦争は、鉄や石油といった資源がない日本と、広大な国土と膨大な資源を有するアメリカとの戦いであると予感した。

喜太郎は、政府を信じていた。日本国民の一人として、戦争に赴く行員に励ましの声をかけた。ただ、未だ経験をしたことのない、未曽有の戦争に巻き込まれた日本の行く末に、不安を感じずにはいられなかった。

国家の運営と、銀行の経営を全く同列に論じることはできないが、生き残りを賭け、勝利するためには、情熱や野心だけでは駄目だ。冷徹な作戦と、勝つための兵士や物資が必要不可欠である。日本に、それらがあるかどうか。長期戦になったら、どうするのか。様々な不安が次から次へ浮かんでは消えた。一国民として、今は仕事に精を出すだけだ。それが国のためになる。

喜太郎は、青野の大地へ目をやった。

四季折々の風景が、喜太郎の心を癒《いや》した。風に乗って、この青野の自然を心ゆくまで愛でることができたら、幸せだと思った。

「頭取、合併が全国に広まっています」

「全国に！」

「はい。東京を手始めとして、今は全国各地に」

「うちにも来るかな？」

「来ると思います。合併を強行されるようです」

「強行？」

「はい。一県一行というのが、政府の方針だそうです」

「じゃ、うちの銀行に手が及ぶのも時間の問題だな」

一八六行あった普通銀行がこの後、昭和二十年には六一行となった。

喜太郎は、常務を集めた。そして、開封した手紙を読み上げた。

誰もが、事の重大さを察知して、硬い表情をしていた。

「どういうことですか？」

「地方銀行統制会委員、静岡県金融協議設立委員を命ずるってことは……」

「合併の推進力になれってことですね」

「その通りだよ。私の手を縛ることで、静岡県内の銀行の合併を強引に推し進めようというのが政府の方針だ」

喜太郎には、静岡県内の銀行のことは手に取るように分かっていた。

県内の銀行は、駿河、伊豆、静岡、清水の四行に過ぎなかった。

「県内の銀行は、その後、どうなっているかね」

「三十五銀行、静岡銀行、遠州銀行がすでに合併して、静岡銀行となっています」

「そうだったな」

「清水銀行は、資本金も小さく、静岡銀行との合併話があったな。あれはどうなっている」

「準備中だそうです」

「うちが伊豆銀行との合併交渉をほとんど終えているってことを、他も知っているだろうな」

「下交渉は、すべて整いました」

「そうか。ご苦労だったな」

喜太郎には、銀行合併の推進者として、成果をあげているという自負心があった。

受付の者から、連絡が入った。

「頭取、大蔵省から電話です」

「大蔵省？」

「はい、緊急のようです」

「緊急？」

電話に出た喜太郎の耳に、大蔵省の銀行課長の声がした。その声は若かった。

常務たちは、一様に、緊張した面持ちで、喜太郎からの説明を待ち構えた。

「大蔵省から呼び出しだ。東京まで出かけて来るようにと、言葉は丁寧だが、命令口調だったよ」

「呼び出し！　何ですか」

「詳しいことは一切言わなかった。ただ、出て来いと」

取りあえず、喜太郎は急ぎ上京することにした。

道すがら、あれやこれやと考えてみたが、思い当たる節は一切なかった。

大蔵省などは、喜太郎がめったに行くところではなかった。

重々しい扉をくぐると、物々しい服装をした門番が、喜太郎の身分を尋ねてきた。用件を知ると、厳《いか》つい顔は変えずに、行くべき場所を喜太郎に教えてくれた。

　喜太郎は大蔵省の内部へ入って行った。銀行はお客が第一であり、サービスを優先するから、お客に対しては笑顔の対応が欠かせない。ところが、大蔵省となると、廊下ですれ違う職員も厳めしい表情をしていた。大蔵省では、こんなものかと複雑な気持ちで、喜太郎は銀行課長のいる部屋へと向かった。

　大蔵省の課長と言えば、エリートであり、偉い地位であると聞いていた喜太郎は、自分の孫と同じくらい若い課長に驚いた。

「どうぞ、こちらへ。……わざわざお越し頂き、恐縮です」

　課長は、喜太郎に椅子をすすめた。

「驚きましたよ、急な呼び出しですからな」

「単刀直入に申し上げます。実は、合併の話です」

「合併？」

「はい、合併です」

「何ですか、唐突に、合併の話とは」

　喜太郎にとって、寝耳に水の話である。

「どの銀行との合併ですか」

「静岡銀行です」

「何！　静岡銀行」

「はい」

「断る、そんな話は」

喜太郎は、きっぱりと言った。

「それでは、あなたは、この重大な国策に反対するのですか」

「反対！　反対とか賛成とかの話じゃなくて、何のことか分かりかねるのです。あまりに唐突すぎますから」

「合併の話は国策なのです」

課長は、居丈高に、きりっとした表情をして、喜太郎の顔を真っ直ぐに見た。

「国策に反対しているんじゃありません。今まで十いくつもの銀行を買収または合併し、今また伊豆銀行とその交渉を進めているところです。ほとんどの話はまとまっています。きょうはそれについてのお話かと思ってうかがいました。それなのに、突然、静岡銀行とおっしゃるのは腑に落ちません」

「私がお伝えしたいのは、静岡銀行との合併についてです」

課長は、喜太郎の話には耳を貸さず、言い放った。

喜太郎は引き下がらなかった。

「うちの銀行にとっては、これは、生きるか死ぬかの問題です」

「この話はすでに決定されたことです」

「決定？」

「その通りです」

「そりゃ、無茶な話だ」

「国が非常事態ですから、大局的な観点で、政府が決定したのです」

「非常事態？　大局的？」

「国策ですから、お認め頂きたい」

喜太郎は、伊豆銀行との交渉過程を熱っぽく語って聞かせた。

「その話はその話として、決定には従ってもらいます」

「静岡銀行との合併は、承服しかねる」

喜太郎は、課長の睨《にら》みに負けないぞとばかりに睨み返した。

「そうおっしゃっても、すでに決定したことです」

課長は、日本の非常事態を幾度も口にした。その口調は威圧的であった。

「それは命令ですかな」

「……政府の決定です」

命令することに慣れた官僚は、決められた方針を決行するだけの権限と信念だけしか持ち合わせていなかった。

「あなたは、それでいいでしょう。決定を伝えるだけで済みますから。しかし、私は承服しかねるのです」

「駿河銀行と静岡銀行の合併は決定された方針です。いまさら動かすことはできません」

「あくまでも、聞く耳を持たないってことですな」

「これは、決定ですから……」

「勝手に決めておきながら何だ。決定した方針だとは」

喜太郎は、いつも行員を叱るような口調で、課長を叱りとばした。

その声は、雷に似ていた。喜太郎の体のどこから発せられたか分からないほどに、大きく鋭いものであった。

部屋中の者が、驚きあわてて、喜太郎の方を見た。

中には、椅子から背伸びして覗きこむ者、立ち上がっておろおろする者、どれもこれも非常事態が発生したという表情であった。

喜太郎は、なおも続けた。

「私は数十年、銀行経営をやっています。銀行経営のことは私が玄人です。静岡銀行との合併は絶対に承服できません。それでもやるというのなら、私は、駿河銀行を解散します。その方が国家のためであり、株主のためであり、また預金者のためです」

喜太郎は、思わず銀行課長の椅子をドンと強くたたいた。

決死の覚悟であった。「今、引いたら、負けだ」と戦国武将の気持ちになって、喜太郎は一歩も譲らなかった。

「あなたが、銀行を解散すると言われるなら、重役を呼びます」

課長は立ち上がろうとした。

「ああ、どうぞ、お呼びなさい。私の銀行に、私に反対するものは一人もおりません。見そこなっては困ります」

喜太郎は、断固として言い放った。そして、カバンを取って立ち上がった。

驚いたのは、課長であった。

喜太郎の他にも、これまでに多くの頭取を呼びつけ、命令し、威圧的に合併問題を決定してきた課長が完全に威圧されていた。

喜太郎の胸には、「数十年、銀行経営に身命を賭してきたんだ」という気迫がみなぎっていた。

「どんな苦労も目に見えない。音もしない。だからこそ、よく目をこらし、耳をすませて感じ取らなければならない」

喜太郎は、自分なりに、銀行経営において、その姿勢を取ってきたつもりであった。

「決定などと、軽く言うな。決定をする際に、経営者がどんな孤独と闘っているのか分かるか」

喜太郎は、現在にいたるまで、並々ならぬ決定をしてきた。決定するには、時に自分の命を削る覚悟が必要であると密かに考えていた。

課長が顔色を変えて、急に愛想笑いを浮かべた。

「まあまあ、そうお怒りにならないで、お掛《か》け下さい」

課長は、手をあげて、喜太郎の気持ちを圧《お》しなだめるようにした。

「それでは伊豆銀行とならば合併されますか」

急に、猫なで声に変わった。

「もちろん、伊豆銀行となら合併します」

喜太郎は、落ち着き払って応えた。

「では、伊豆銀行との合併案をまとめて、もう一度お出で下さい」

「そうですか。では改めてうかがいます」

課長に挨拶をして、喜太郎は大蔵省を後にした。


帰るなり、喜太郎は伊豆銀行との合併案をまとめ上げた。

「頭取、これなら大丈夫でしょう」

「ああ、これなら、大丈夫だ」

喜太郎は、再び、上京した。

ところが、大蔵省は難癖《なんくせ》をつけてきた。

「伊豆銀行との合併案をまとめて持ってくるように言われたから、お持ちしたんです」

「それは十分に分かります……」

「どこが駄目だと言うんですか」

「色々と、こちらでも慎重に検討し、結論を出す必要がありますので」

課長の態度は煮え切らず、いっこうにラチがあかなかった。

いくら話しても駄目だと、喜太郎は読んだ。

「分かりました。伊豆銀行との合併は諦めます」

そう断言して、喜太郎は引き上げた。


「頭取、静岡銀行と伊豆銀行が合併することになったようです」

「何だと！」

「この通り、記事が出ています」

「そんなことを、あの課長は微塵《みじん》も口に出さなかったぞ」

「それが、策謀というものでしょう」

「きっと、そうだな。卑怯な手を使うな」

「正道を歩むようにしないと、信頼が得られません。分かっているんでしょうかね、その課長は」

「それが分かっていれば、こんな姑息な手段は使わないはずだよ」

結局、伊豆銀行は静岡銀行と合併してしまった。

「頑張ればいいんだ。今まで通りに、誠心誠意、住民に愛される銀行を目指そうじゃないか。努力は必ず報われる」

喜太郎は、行員の肩を叩きながら、励ましの言葉をかけた。

駿河銀行と清水銀行を残して、静岡県の銀行は合併して、静岡銀行となった。

「一県一行では、銀行が独占的となり、地方産業の健全な発展によくない」

喜太郎は、大蔵省との悶着があってから、密かに思うようになった。

「銀行は、各地域の特色に合せ、また地域住民の気持ちを汲みながら、経営されなければならない。そこに国の繁栄がある」

この信念に立ち、喜太郎は神奈川県や静岡県の各地域の支店を見る度に、銀行の役割に思いを馳せた。

終戦後、喜太郎が予測したように、地方産業の振興を促すために、新たな銀行を設立する動きが広まった。新銀行の設立は、時代の風潮を反映して、様々な住民の用途に応じ、地域の活性化に結びついていった。

（十二）　輝く大地

「勤倹貯蓄自福神」

　村人たちは、掛け軸に記された文字に目をやった。別段、今まで気にかけることもなかったが、村人たちは大事そうに掲げられた掛け軸が気にかかった。

「喜太郎さん、あの掛け軸だけど、どういう意味ですか？」

「あの言葉は、私の魂だ」

「魂？」

「人生で、私が行き着いた考えって言えば、分かるかな」

「それなら分かるけど。難しい言葉だから、分かりにくいです。私たちには」

「無理もないな」

「戦争の話は、学校で習ったこともあるから、喜太郎さんの話は何となく分かりましたが、銀行のことはまだ分からないですから」

「私だって学んだんだ。父や母や、地域の人や、銀行関係の人から、そしてこの青野から」

「あの言葉だけど……。説明してくれますか、喜太郎さん」

「勤倹貯蓄自福神のことか」

「そうです」

「よし、そんなに聞きたいのなら、話してやろう」

喜太郎は、掛け軸を見つめると、懐かしそうに語り出した。

喜太郎の脳裏に、敗戦のことが蘇った。

息子を戦場へ送った父として、喜太郎は戦争がどんなに心身を疲弊させるか身をもって経験した。

終戦後は、連合軍の管理下で、日本の社会も落ち着きを取り戻してきた。

「戦争にせよ何にせよ、負ければ、どういうことになるか、身にしみて分かったはずだ。痛みから学ぶしかないとすれば、人間とは何とも愚かなものだ」

焦土となった東京の焼け野原の光景を思い出しながら、喜太郎は物資も武器もない状態でアメリカを敵にして戦った日本は、高い代償を支払うことで、大きな教訓を得たと考えた。

「自分の考えをしっかり持つことだ。そして、それをしっかり主張しなさい」

喜太郎は、じっと村人たちの顔を見詰めた。

「戦争が終わって、世の中が落ち着きを取り戻した頃だった。私は色々なところで、これからどうしたら地域の人々が幸福になれるかを話したんだ」

「幸福になる?」

「ああ、そうだよ。青野には一五〇戸の家がある。一千万円の貯金をしてもらいたいと言ったんだ」

「ええ、一千万円?」

「ああ、一千万円だ。ぜひ一戸一口を引き受けてもらいたい。決心さえあれば、必ず出来ると言ったんだ」

「そうしたら?」

「驚いていたよ、みんな」

「当然ですよ、私たちだって驚きます」

「頭を使うことだ。知恵を出すんだ、知恵を。まず、一千万は目標だ。目標を立てたら、次は方法だ。難しいことではない。そこで勤倹貯蓄という言葉が大事となる」

「私たちには無理です」

「無理じゃない。一代でやろうとするから、無理なんだ。子供の代や孫の代まで、一所懸命に貯金をしたらどうなる」

「それなら、大丈夫な気がします」

「そう思うだろう。家族によって、それぞれに事情が異なる。しかし、目標さえあれば、頑張りがきく。家族で夢を追いかけるんだ、力を合わせて」

喜太郎は、村人の顔を見ながら続けた。

「一千万円にするには、一日十円ずつ貯金することだ。もっと詳しく言うと、単純に計算して一ヵ月で三百円になる。一年なら、三千六百円だ。年に六分の複利計算だといくらになると思う、八十七年二ヵ月目に一千三万五百九十円になる勘定だぞ」

「うわ、それ本当ですか」

「利息が利息を産むって寸法だ。これならできるだろう」

「でも、八十七年も、待てるかなあ。そんな長い年月」

「だから、子供や孫の代まで息長く貯蓄を続けることが大事なんだ。長すぎることはない、あっと言う間だ。だって、私が青野貯蓄組合を設立して、七十三年が経つ。駿河銀行になってからは四十八年目だ。時間の経つのは早いぞ」

「喜太郎さんにとっては、そうだろうけど……」

「これからも何が起こるか分からない。用心が必要だ。貯蓄した金は無くなることがない。それに貯蓄をしようとする習慣と継続の心は、何よりも貴重な人生の宝物だ」

「実行できるかなあ」

「できるさ。勤倹貯蓄を実践することは、人生に哲学を持つことと同じだと、私は考えたんだ。人間は、神仏のご加護を求めるが、神仏は人間に財産を恵んでくれると思うか」

「神仏は、恵んでくれないですよ」

「そうだろう。そのことは分かるよな。じゃ、何か災難があった時、どうしたら自分を救うことができると思う、」

「貯金をして、何かの際に、そのお金を使うしかないですね」

「私がすすめる貯金は、勤倹の神様へ寄付したものとして、自分の財産に組み入れて置くんだ。万一の場合、その神様がその金で救ってくれる」

「ああ、分かりました。喜太郎さんの言おうとしていることが」

「やっと分かったか」

「あれが、そうなんですね。あの掛け軸の言葉が」

そう叫んで、村人の一人は掛け軸の「勤倹貯蓄自福神」という言葉を指さした。

「喜太郎さん、どうして、いつ、そんなことを思いついたんですか?」

「戦争だよ。敗戦によって、日本は大変だった。食うものがないんだから。着るものだってないし、頭にはシラミがいて、不潔きわまりなかった」

「シラミ?」

「若い君たちは知らないよな、シラミなんか。頭を洗う余裕もないし、同じ衣類ばかり着ているから、シラミが体に取りつくんだ。ひどい話だ」

「それで、豊かな社会を作ろうとして、貯蓄を思いついたんですね」

「ああ、そうだよ。私は全国を飛び歩いたよ、貯蓄を広めようとして。全国各地から賛成の声が寄せられて、大勢の人が貯蓄を始めてくれた。嬉しかったよ」

「うまくいったんですね」

「敗戦で、日本は自信を失っていた。どうしたらいいのか、誰ひとり答えられる人がいなかった。国民一人ひとりが貯金をすれば、必ず将来、日本は世界で最も裕福な国になれると、私は信じて疑わなかった。信じることだ。信じて、実行することだ」

「それで、喜太郎さんは実行したんですね」

「貯蓄は理論じゃない」

「何ですか？」

「克己《こっき》と実行だ」

「克己と実行……」

「敗戦後の最貧国の日本が立ち直るには、尋常なことをしていては駄目だ。他の国の人々より勉強し、節約することだ」

喜太郎は、昭和二十八年ごろから、勤倹貯蓄自福神の運動に専念し、その結果、長期の預金には国家も税を免除するという請願が認められ、昭和三十二年三月十四日に衆議院で受理された。

貧しい日本は、全国民をあげて一千万貯蓄を行い、世界の裕福国になろうと精進したのであった。

喜太郎は、「貯蓄は人を自立させ、家を繁栄させ、国家を隆盛に導く早道である」と確信し、その信念を貫いたのであった。


「喜太郎さん。私たちは……」

「どうしたんだ、急に。そんな真剣な顔をして」

「今年、卒業する子供たちに贈る言葉なんですが」

「卒業生に贈る言葉？」

「喜太郎さんを見ていて思ったんです。『人生は大いなる闘い』にしようと思うんですが、どうですかね」

「もっと易《やさ》しい言葉の方がいいんじゃないか」

「例えば……」

「それこそ自分で考えるべきだ」

「いざとなると難しいから困ります」

「私なら『挑戦は感動への近道』ってところかな」

「カッコいいですね」

「そうか。気に入ったか」

「はい」

「はははは」と、喜太郎は笑い声を上げた。

今さらながら、村人たちは喜太郎の人柄に惹かれた。

喜太郎は挑み続けてきた。決して諦めず、努力を続けた。その結果、喜びを手にすることができた。

「金という無機質なものを扱う銀行家にとって、市民の心を捉えるには、地域の豊かさを思い、人々の幸せを願う気持ちを持ち合わせていることが大事だ」

喜太郎の話を聞きながら、銀行は人格を持つ一個の人間のようでありたいと願う、喜太郎の姿が、村人たちの脳裏に焼きついた。


その日は、岡野家が総出でやる、田植えの日であった。

喜太郎の子供や孫や曾孫も集まり、岡野家は賑わいを見せた。

家にいる喜太郎を呼んでくるようにと言われ、孫たちが駆け足で迎えにやって来た。

「お爺ちゃん、用意はできた？　みんなが呼んでいるよ」

「おお。そうか」

丁度、喜太郎も玄関先に姿を現し、恒例の田植えを見に出かけようとするところであった。

「どんなかな、田植えは」

「みんな楽しそうにやっているよ。大変だ、大変だと言いながら」

「おお、そうか。頑張っているか」

田植えは、岡野家の一族が集合して、力を合わせて行う年中行事であった。喜太郎にとっては、この年中行事こそが岡野家の団結を強める機会であった。可能な限り、一族そろって田植えをすることが慣例であった。

青野の家を出て、浮島沼の田んぼが見え始めると、喜太郎は空を見上げた。

空には、ツバメが飛び交っている。

「今年も、たくさん、ツバメがやってきたな」

「そうだね。家の庭先に巣を作っているよ。知っている？　お爺ちゃん」と、孫たちが声を上げた。

「ああ、知っているさ。毎年、必ず、訪れてはあそこに巣を作るんだ。そろそろ卵が産まれる頃だな」

「ツバメって、毎年来るの？」

「ああ、春先に来て、夏が終わる頃に帰るんだ」

孫たちと連れ立って、喜太郎は岡野家の田んぼへ向かった。

丁度、岡野家の家族が、一列に並んで、稲の苗を植えている光景が、喜太郎の目に入った。

「お爺ちゃん。どうして、うちだけが総出で田植えをするの」

彼処《かしこ》に、家族だけで田植えをしている光景が映った。

ところが、岡野家の田植えは、一族総出である。孫や曾孫たちの数まで入れれば、大変な数に上った。

普段、めったに会えない岡野家の者と顔を合せることができるから、喜太郎にとって田植えは楽しみであった。田植えだけではなく、稲刈りの際にも、岡野家は集合し、仕事に専念した。

「岡野家の一族が心を一つにする良い機会だからだ。お互いのことを知ったり、仕事の情報を得たり、将来のことを話し合うには、この機会が一番いいんだよ」

喜太郎の返事は単純明快であった。

「そうなの、お爺ちゃん」

「それに、農家の人の気持ちを知るには、田植えがどんなであるか、体験しておくことが大事だ」

「やっぱり、そうか」

「汗をかくことだ。そうすれば、農家の人たちの気持ちが分かる」

「そうだよね」

「農家の人たちは、絶対に手を弛《ゆる》めることをしない。手を抜けば、自然に報復されることをよく知っているからだ」

「だから、一所懸命に、働いているんだね」

「お蔭で、岡野家が支えられている。駿河銀行の行員も食っていける。そのことを実感するのが、この田植えだよ。それに、自分で食べるくらいの米は、やっぱり自分で作らなくちゃな」

喜太郎は、若い時には、父や母や家僕と一緒に農業をした。いつ、どんな時期に田植えの準備をして、収穫するかも学び取っていた。

田植えのためには、代《しろ》かきといって、田の手入れをしたりすることが欠かせなかった。稲が実れば、稲刈りがあり、稲刈りを終えれば、収穫を終えた田んぼを掘り起こす作業が残っていた。一年中、田んぼの手入れには息を抜く暇がなかった。手入れを怠れば、そのために作業に数倍の手間がかかった。

「いいかな、田畑の手入れも、人間を育てることも同じだぞ」

喜太郎は、口癖のように言った。

「どういうこと?」と、孫の一人が尋ねた。

「適当な時期に、種を蒔いたり、手入れをしたりするんだ。時期を逃したら大変なことになる。米の味は悪くなるし、収穫も半減する」

「大変なんだなあ、農業って」

「農業は、日本人の心だ。日本文化の糧だ。いつ肥料をやるかも知らなくちゃ駄目だ。野菜によって、肥料のやり方だって違うんだ。人間もそれぞれ性格が異なる。それをしっかりと見極めて、教育しないと駄目だな」

「だから、野菜を育てることも、人間を教育することも同じだと、お爺ちゃんは言いたいんだね」と、孫の一人が知ったかぶりをして言った。

「その通りだよ。農家の人たちは、毎年、大変な作業をやっている。このことを知らないと、農家の人たちと気持ちをひとつにできない。季節を読み、苗代を作って籾を蒔き、収穫する。一瞬の狂いもあっては駄目なんだ」

「僕にもできるかな」と、また孫の一人が言った。

「できるさ。ただ、人から教わったことをそのままやるんじゃ、進歩がない。稲や野菜や樹木にも、人間と同じように表情や感情があって、それを読みとらなくちゃ駄目なんだよ」

「ええ、それって、本当！　心があるってことなの」

「嘘じゃない。……稲や野菜も、人間と同じだ。繊細な心を持っていて、日々に、その状態が異なるんだ。農家の人は、それを読んでは、対応している」

「動物だって、同じ事が言える？」

「いいことを言うな。その通りだ」と、喜太郎は孫たちの顔を見て喜んだ。

「馬や牛や鶏や猫だって、日々、健康状態が異なる。人間と同じだよ。風邪を引いたり、腹痛を起こしたり、色々のことがある」


「うわぁ、お爺ちゃんが来た」

岡野家の者の視線が一斉に喜太郎に向けられた。

幼い曾孫たちが、立ち上がり、一斉に喜太郎をめがけて畦道を向かってきた。

「気をつけるんだぞ」

転ばないように、大人たちが声をかけた。

喜太郎は、足を止めて陶然とした表情で、ヒナに孵《かえ》ったばかりのアヒルの子のようによちよち歩く曾孫たちの姿を眺めた。

「どうしたの？　お爺ちゃん」

「あの中に、小さい頃の自分がいるんじゃないかと思って、探しているんだ」

「……」

「あの中に、亡くなった博の姿がある。病気で亡くなった子供たちの姿がある」

喜太郎は、じっと目を凝《こ》らした。

「田植えをしている人の中に、今は亡き妻の薹《だい》や、両親の姿があるような気がするな」

「お爺ちゃん。それじゃ、まるで岡野家の祖先まで田植えに集合しているような気分じゃないの。お爺ちゃんにとっては」

「その通りだ、田植えは岡野家の祖先まで集合して行う行事だよ」

喜太郎は、満足そうな表情をして、田植えをする岡野家の一団を見つめた。


青野の大地は、人々の手が入って、年々、豊かになった。草木は生々として、収穫を夢見て働く人々の背中には希望があふれている。

「大地が輝いている」

喜太郎の目に、たなびく白雲が映る水田は、目にまぶしいほどであった。

「お爺ちゃん、嬉しそうだね」

「青野の大地を、心の糧として、岡野家は生活している」

「うん」

「お前たちも、この大地で逞《たくま》しい人間になるんだぞ」

「お爺ちゃんの口癖だね。あの雲のように雄々しく、富士山のように逞しく、鳥のように大空を飛び回って、世界を知れ」

「その通りだ」

孫たちを見守る喜太郎は、幸せそうに、声を出して笑った。

丁度、岡野家の人たちが、次の田んぼへ移るところであった。

「ちょっと、休憩だ。お茶にしよう」

大空を見上げるようにして背を伸ばす者、後を振り返ってやり終えた田植えの成果に満足する者、休みを取ろうと声を掛け合う者などの姿が、喜太郎の目に映った。

その中に、喜一郎（後の駿河銀行第三代頭取）の姿があった。喜一郎は、喜太郎の孫であった。

太平洋戦争に出陣し、多くの辛酸をなめた喜一郎にとって、上野の都美術館で開催されたベルナール・ビュッフェの絵画との出会いは衝撃そのものだった。喜一郎は、ビュッフェの絵の前に呆然と立ち尽くした。「当時のわれわれ青年を覆っていた敗戦による虚無感と無気力さのなかに、一筋の光芒を与えてくれた」のが、ビュッフェの絵であった。以来、喜一郎とビュッフェとの関係は、時に兄弟のようであり、時に師弟関係のようであり、絵画を通して人生を理解し合う同志のような関係に発展した。喜一郎は、絵の収集に奔走し、美術館の建設を思い立ち、その完成に情熱を注いだ。

伊豆が生んだ井上靖や、沼津が生んだ芹沢光治良の文学を守ろうという考えも、喜一郎の頭の中にあった。

「銀行家はそれでいい。貯蓄を通して、銀行の基盤ができれば、次は社会への奉仕だ。お金は社会へ還元するためにある。地域の歴史や文化を守り、人々の生活を豊かにすることは、銀行家の夢である」

「根っこになれ」と言った父彌平太の言葉を、喜太郎は思い出した。

そばに、喜久麿（後の駿河銀行第四代頭取）の姿があった。喜久麿は、蝶の収集に関心があった。暇を見つけては、海外にまで出かけるほどの熱中ぶりを示した。新種の蝶を採取すると、天に昇るほど上機嫌で、蝶の話に夢中になった。

「人は、趣味に生きるにあらず。されど趣味は心の癒し、人生の潤いに欠かせない」

喜太郎は、喜久麿を頼もしく思った。銀行家としての才能に加え、社会人として人の信用を得る人物であることが、大事であると考えていた。


「新しい時代になったな」

ぽつりと、喜太郎がつぶやいた。

「どうしたの、急に。お爺ちゃん」と、孫たちが言った。

「みんな元気に育ってよかったと思ったのさ」

「お婆ちゃんが生きていたら、もっと悦んだね」

「ああ、大喜びしただろうな、きっと」

喜太郎が、ぬかるんだ道に足を取られて、よろめいた。

咄嗟《とっさ》に、孫たちが喜太郎に手を差しのべた。

「お爺ちゃん、大丈夫？」

「年寄り扱いするな。私はまだ若いんだ。まだまだ負けないぞ」

喜太郎は、差しのべられた孫たちの手を、強く握りしめながら言った。

「お爺ちゃん。お茶の用意が出来たって、みんなが呼んでいるよ」

孫たちは、岡野家の一族が腰を下ろしている土手を指さし、手招きしながら喜太郎を急《せ》かした。

「そう、急ぐな」

立ち止まって、喜太郎は青野の大地に目をやった。

「ここで、私は生まれ、育ち、魂を得た」

「ここには、歴史がある。文化がある。人々の暮らしがある」

夢追い人として生きてきた自分の姿を、青野の大地に眺めた。

「故郷は有り難い。夢をたくさん見せてもらった」

喜太郎は、青野の大地に感謝した。

「うわっ、逆さ富士だ！」

孫たちが歓声を上げげた。

代かきを終えたばかりの田に、富士山はその絵姿を逆さに映していた。

孫たちは、喜び勇んでいた。

「逆さ富士か。久しぶりだなあ」

大きくうなずいた喜太郎は、無心な子供の目をしていた。

喜太郎の目に、青野の大地が映った。

大地が輝いていた。喜太郎に、青野は命の泉と映った。

「私は青野を愛している。私を育ててくれたのは青野だ。青野は、私の魂の拠り所だ」

あとがき

人生は出会いである。人生は大いなるドラマである。大いなる出会いは、感動そのものである。

人との出会いは、感動という二文字で彩られる。今の時代に活躍している人ばかりでなく、今は亡き人であっても、感動は薄まることはない。

本作の舞台である伊豆や駿河は、多くの偉人を生み育ててきた。文人墨客はもちろんのこと、政治家や経済人や教育者を育ててきた。

今は亡き本作のモデルとなった人物も、その一人である。

その人物の人生は、正にドラマそのものである。

駿河銀行頭取　岡野喜太郎『私の履歴書』(昭和三十二年、日本経済新聞社)と小島直記『岡野喜太郎伝』を手にした感動は今も忘れない。とりわけ、『私の履歴書』は、人生の何たるかを感じさせる至高のドラマである。

時間を忘れて、岡野喜太郎の世界に没頭させる人間劇である。

読み進むにつれ、私たちが見失ったもの、現在の日本人の探し求めているものが、これらの著述の中にあると実感させてくれる。「これは、大変だ。何とかしなくちゃ」と、私は考えるようになった。

そこで、五つの目標を立てて、本を小説化し、一般の人が親しめるようにしようと決心した。
1．主人公の生き生きとした生涯を、絵画のように写実すること。
2．時代を取り込むことで、明治・大正・昭和を生き抜いた時代の証人としての素顔を遺すこと
3．天・地・人という切り口で、スケールの大きい骨太な主人公の人となりを描くこと。
4．地域を愛し、住民との絆を重んじた日本人の魂を跡づけること。
5．主人公と青野の村人との人間愛を基調に、豊かな情愛のこもった小説にすること。
現代の私たちが忘れかけた「大和魂」を描くことができたら、どんなに素晴らしいことであろう。

本作のモデルとなった主人公には、人を思い、癒やし、潤す力がある。社会を牽引する意志と情熱がある。

これぞ、日本人の典型である。

青野という小さな地域に生まれ、育った主人公には、世界に誇って良い日本人の大らかさ

がある。

たった一回の人生である。私も天地を自由に駆け巡った主人公のように生きてみたいと念願しつつ、この小説を執筆した。

※　本作品は、実在の人物をモデルにしたフィクションです。

著者略歴

昭和19年　静岡県生まれ。
昭和42年　日本大学文理学部英文学科卒業。
平成元年　日本大学国際関係学部教授。
平成14年　日本大学副総長。
平成26年　日本大学名誉教授。
現在　佐野日本大学短期大学学長。
著書多数。

炎の銀行家　スルガ銀行創業者　岡野喜太郎

平成三十年十月二十五日　第一刷発行

著者　佐藤三武朗
発行者　石澤三郎
発行所　株式会社　栄光出版社

〒140-0002東京都品川区東品川1の37の5
電話　03（3471）1235
FAX　03（3471）1237

検印省略

印刷・製本　モリモト印刷㈱

ISBN 978-4-7541-0169-5